THÉATRE
EUROPÉEN

NOUVELLE COLLECTION

DES CHEFS-D'ŒUVRE DES THÉATRES

*Allemand, Anglais, Danois,
Espagnol, Français, Hollandais, Italien,
Polonais, Russe, Suédois, etc.,*

AVEC DES NOTICES ET DES NOTES

HISTORIQUES, BIOGRAPHIQUES ET CRITIQUES

Théâtre

ANTÉRIEUR A LA RENAISSANCE.

ABRAHAM

Comédie

PAR HROSSWITHA

Religieuse du dixième siècle.

PARIS

Au Bureau d'administration du Théâtre Européen

Rue du Dragon, 30.

DELLOYE	HEIDELOFF	BARBA
Éditeur de la	ET	Éditeur de la
FRANCE PITTORESQUE	CAMPÉ	FRANCE DRAMATIQUE
place de la Bourse, 5.	rue Vivienne, 16.	Palais-Royal.

ET CHEZ TOUS LES DÉPOSITAIRES DE PUBLICATIONS HEBDOMADAIRES.

UNE LIVRAISON.

LE THÉÂTRE EUROPÉEN

SE COMPOSERA

DE PLUS DE DEUX CENT CINQUANTE PIÈCES TRADUITES

Et accompagnées de Notices et de Notes

historiques, biographiques et critiques

Par MM. J.-J. AMPÈRE ; le Baron DE BARANTE, de l'Académie française ; BERR ; CAMPENON, de l'Académie française ; Philarète CHASLES ; CHATELAIN ; L. CHODSKO ; COHEN ; DEFAUCONPRET ; DELATOUCHE ; A. DE LATOUR ; DENIS ; Émile DESCHAMPS ; Ernest DESCLOZEAUX ; Alex. DUMAS ; Léon GOZLAN ; GUIZARD ; GUIZOT ; DAS-HINARD ; Jules JANIN ; LEBRUN ; Léon VARDÈS ; MAGNIN ; SAINT-MARC GIRARDIN ; X. MARMIER ; MENNECHET ; P. MÉRIMÉE ; MERVILLE ; Prince MESTCHERSKY ; NISARD ; Charles NODIER, de l'Académie française ; Amédée PICHOT ; Comte DE REMUSAT ; Comte DE SAINT-AULAIRE ; Comte Alex. DE SAINT-PRIEST ; Baron TAYLOR ; TROGNON ; VILLEMAIN, de l'Académie française ; Madame la Duchesse D'ABRANTÈS, etc., etc.

Cette importante collection se divisera par séries, divisées elles-mêmes en volumes. Le théâtre espagnol, *première* série, comprendra l'époque de Calderon, de Cervantes, de Lope de Vega, de Moutalvan, de Moreto, de Rojas, de Solis, de Zamora, de Tirso de Molina, d'Alarcon, de Cubillo, de Cañizares et autres auteurs de tragédies *fameuses*, de comédies et de saynètes dont il n'a pas même été fait mention dans la première traduction des théâtres étrangers ; la *seconde* série, plus moderne, commencera à Moratin et finira à Martinez de la Rosa.

Le théâtre anglais, qui offre quatre époques plus tranchées, aura *quatre* séries ; la *première* comprendra les auteurs des règnes d'Élisabeth et de Jacques : Shakspeare et ses contemporains, Marlow, Decker, Heywood, Lilly, Green, Peel, Marston, Rowley, Middleton, Ben-Jonson, Massinger, Webster, Beaumont et Fletcher, Ford, Shirley, etc.

La *seconde* comprendra les auteurs des règnes des derniers Stuarts, de Guillaume et de la reine Anne, jusqu'à l'avénement de la maison de Hanovre : Lee, Howard, Dryden, Shadwell, Etheredge, Cibber, Vanbrugh, Congreve, Otway, Wycherley, Southerne, Lillo, Farquhar, Centlivre, Gay, Addison, etc.

La *troisième* comprendra les auteurs qui ont écrit sous les Georges, jusqu'au moment de la révolution française, Fielding, Thomson, Murphy, Hughes, Foote, Goldsmith, Garrick, Colman, Home, Kelly, O'Keeffe, Bickerstaff.

Et la *quatrième* enfin, plus moderne, commencera à Sheridan et finira à son homonyme Sheridan Knowles encore vivant ; elle comprendra Cumberland, Morton, Reynolds, Holcroft, Inchbald, Tobin, Colman J^{er}, Shiel, Coleridge, Maturin, Milman, Bedoes, Joanna Baillie, Croly, Payne, Walter Scott, Byron, etc.

Dans le théâtre italien, la *première* série embrassera les vieilles pièces en remontant jusqu'à Machiavel ; la *seconde*, l'époque de Goldoni ; la *troisième*, celle d'Alfieri et de ses contemporains.

Le théâtre allemand, quoique presque aussi riche que le théâtre anglais, n'aura que *deux* séries à cause des dates : la *première* comprendra Lessing, Schiller, et leurs contemporains ; la *seconde* Goëthe, Kotzebue, Werner, Müllner, et l'époque actuelle, Grabb, Raupach, Grillparzer, Hlland, Kleist, Kœrner, Zimmerman, etc.

Les autres théâtres n'auront chacun qu'*une* série, quoique nous ne manquions pas de pièces inédites pour compléter ce qu'on connait déjà en France des théâtres danois, hollandais, polonais, portugais, russe et suédois.

CONDITIONS.

Le THÉÂTRE EUROPÉEN est publié par livraisons, format grand in-8.

Chaque pièce paraît *complète* avec les notices et notes qui s'y rattachent.

Les notices sur les auteurs seront toujours placées en tête de la *première* pièce de chaque auteur, non la première dans l'ordre de la mise en vente, mais la première dans l'ordre de la classification des séries et des volumes. — Les notices sur les pièces précéderont chaque pièce.

Les pièces qui ont moins de *quatre* actes ne forment qu'*une seule* livraison.

Les pièces en *quatre* et en *cinq* actes forment *deux* livraisons.

Il paraît régulièrement au moins *une* pièce, souvent *deux* pièces le *samedi de chaque semaine*, et alternativement de chacun des théâtres indiqués et de leurs diverses séries.

La couverture de chaque pièce et la *signature* au bas de chaque feuille, indiquent le *théâtre*, la *série* et le *volume* dont la pièce fait partie. Les pièces appartenant au même volume ont une pagination suivie.

La *première* pièce de chaque volume sera toujours accompagnée du *frontispice* du volume, à la fin duquel il sera donné une table des matières.

Prix de chaque livraison :

50 CENT. POUR PARIS ; — 60 CENT. POUR LES DÉPART. ; — 70 CENT. POUR L'ÉTRANGER.

On ne peut souscrire pour moins de *vingt-cinq* livraisons, payables d'avance aux prix ci dessus. — Les souscripteurs sont servis à *domicile*.

On peut acquérir chaque pièce séparément.

THÉATRE
EUROPÉEN

NOUVELLE COLLECTION

DES CHEFS-D'OEUVRE DES THÉATRES

ALLEMAND, ANGLAIS, ESPAGNOL,

DANOIS. FRANÇAIS, HOLLANDAIS, ITALIEN, POLONAIS,

RUSSE, SUÉDOIS, ETC.

AVEC DES NOTICES ET DES NOTES

HISTORIQUES, BIOGRAPHIQUES ET CRITIQUES

PAR MM.

J. J. AMPÈRE; AVENEL; le baron DE BARANTE, de l'Académie française; BERR; CAMPENON, de l'Académie française; Philarète CHASLES; CHATELAIN; Alissan DE CHAZET; Léonard CHODZKO; COHEN; DEFAUCONPRET; DELATOUCHE; . A. DE LATOUR; DENIS; Émile DESCHAMPS; Ernest DESCLOZEAUX; Alexandre DUMAS; Paul DUPORT; Léon GOZLAN; GUIZARD; GUIZOT; DAMAS-HINARD; Jules JANIN, LEBRUN; LOÈVE-VEIMARS; MAGNIN; SAINT-MARC GIRARDIN, X. MARMIER; MENNECHET; P. MÉRIMÉE; MERVILLE; prince METSCHERSKY; Théod. MURET; NISARD; Charles NODIER, de l'Académie française; Amédée PICHOT; comte DE REMUSAT; comte DE SAINT-AULAIRE; Jules DE SAINT-FÉLIX; comte Alexis DE SAINT-PRIEST; baron TAYLOR; TROGNON; VILLEMAIN, de l'Académie française; Madame la duchesse D'ABRANTÈS; etc., etc.

Théâtre antérieur à la Renaissance.

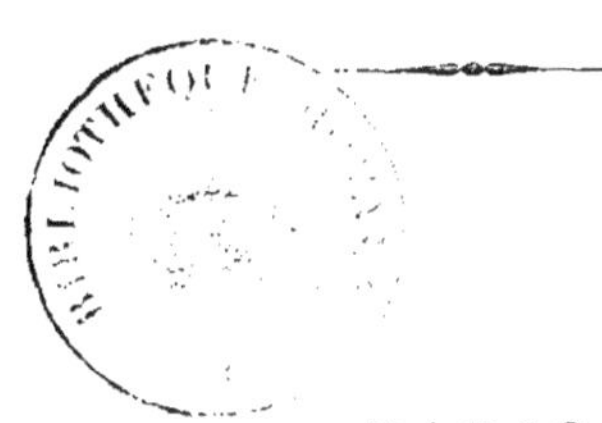

PARIS

ED. GUERIN ET C⁽ⁱⁱ⁾, ÉDITEURS, RUE DU DRAGON, 30.

1835

THÉATRE

EUROPÉEN.

IMPRIMERIE DE E. DUVERGER,

4, RUE DE VERNEUIL.

ABRAHAM

COMÉDIE

PAR HROSWITHA.

NOTICE

SUR HROSWITHA ET SUR LA COMÉDIE D'ABRAHAM.

La pièce qu'on va lire est la traduction littérale d'une des six comédies de Hroswitha. Ces comédies, composées au dixième siècle, dans un couvent de la Basse-Saxe, sont un des chaînons, le plus brillant peut-être et le plus pur, de cette série non interrompue d'œuvres dramatiques, jusqu'ici trop peu étudiées, qui lient le théâtre païen, expirant vers le cinquième siècle, au théâtre moderne renaissant dans presque toutes les contrées de l'Europe vers le treizième.

Nous traduirons successivement ces six pièces, et quelques autres de cette époque intermédiaire. Plus tard nous donnerons les détails assez nombreux que nous avons recueillis sur la vie et les ouvrages fort variés de cette femme illustre. Nous nous bornerons à dire aujourd'hui qu'elle vivait sous l'abbesse Gerberge II, à qui elle dédia plusieurs de ses poèmes, et sous l'empereur Othon II, c'est-à-dire vers l'an 980, dans le monastère de Gandersheim, près du fleuve Ganda, où elle était simple nonne. Son nom en bas allemand signifie *rose blanche*, gracieuse dénomination, fort commune au dixième siècle, et dont la rencontre fréquente a fait tomber les érudits modernes dans plusieurs méprises.

La comédie d'*Abraham*, que nous traduisons aujourd'hui, est écrite en latin, comme toutes les productions littéraires de cette époque ; elle est en prose, ainsi que les cinq autres pièces du même auteur. Celui qui trace cette note rapide a eu récemment l'occasion de montrer quelle place éminente et exceptionnelle ces six comédies tiennent dans la littérature scénique du moyen-âge [1]. Ces six petits drames monastiques sont un reflet de l'antiquité classique, une imitation préméditée des comédies de Térence, imitation peu re-connaissable assurément et fort détournée, sur laquelle le christianisme et la barbarie du Nord ont déposé leur double empreinte. Mais c'est précisément par ce qu'elles offrent de chrétien et même de barbare, c'est-à-dire par ce que leur physionomie a de moderne, que ces comédies nous ont paru mériter de prendre place dans le péristyle du *Théâtre Européen*.

Abraham est, des six comédies de Hroswitha, celle qui blesse le moins nos idées et nos habitudes théâtrales. Il y a dans les cinq autres, une seule peut-être exceptée [1], ce que la critique moderne appellerait des défauts de composition fort choquants. Nous ne traduirons pas avec une moindre fidélité ces pièces plus irrégulières et æsthétiquement moins parfaites ; car lorsqu'il s'agit de monuments d'une époque si reculée et si peu connue, les défauts littéraires ne sont, à notre avis, ni moins curieux ni moins instructifs que les beautés.

Le sujet de la comédie d'Abraham est pris d'une légende écrite au quatrième siècle par saint Ephrem, diacre d'Edesse. On peut lire cette vie de saint Abraham dans les histoires des pères du désert, traduites par Arnauld d'Andilly. Hroswitha, comme Shakspeare, qu'on nous pardonne ce rapprochement qui ne tire pas à conséquence, Hroswitha n'a inventé presque aucun des sujets qu'elle traite ; elle dramatise les agiographes et les légendaires des cinq et sixième siècles, comme l'auteur d'*Othello* a dramatisé, à la fin du seizième siècle, les nouvellistes des quatorzième et quinzième siècles ; c'est la marche normale et naturelle de l'art.

Malgré la source respectable où a puisé l'auteur d'*Abraham*, le sujet de cette pièce pourra bien n'en pas paraître moins hasardé

[1] Dans un cours sur les origines du théâtre moderne, professé à la faculté des lettres de Paris, en 1834 et 1835. Ce cours sera publié chez M. Hippolyte Prévost.

(1) *Callimaque*, drame plein de poésie, de mouvement et de passion. Le dénouement de cette pièce, qui peut donner une idée de l'amour tel qu'on le concevait au dixième siècle, rappelle les derniers actes de *Roméo et Juliette*.

à quelques personnes et choquera peut-être la pruderie de nos mœurs. Un saint homme, un pieux solitaire, qui quitte sa grotte, s'habille en jeune cavalier, couvre sa tonsure d'un large chapeau militaire et se rend dans un lieu plus que suspect, afin d'en retirer sa nièce, jeune sainte déchue, qui s'est envolée un matin de sa cellule pour mener la vie honteuse de courtisane; c'est là une étrange histoire! Et cependant, cette comédie, qui repose sur une donnée si voisine de la licence, a été écrite par une religieuse, jouée par des religieuses, représentée devant de saintes femmes et en la présence de graves prélats, sous les voûtes édifiées de la grande salle d'un monastère de fondation carlovingienne.

Il n'est pas hors de propos, ce nous semble, de rappeler qu'un sujet à peu près semblable a été introduit sur la scène anglaise, mais avec de bien autres développements, par un poète du temps de Jacques Iᵉʳ; le titre de cette comédie, difficile à traduire décemment dans notre langue est : *The honest Whore*[1]. Dans la pièce anglaise, comme dans celle de Hroswitha, un père, mais un père véritable, et non pas seulement un père spirituel, franchit le seuil d'un lieu de débauche pour en arracher sa fille, tombée à ce dernier degré du désordre et de l'abjection. La comparaison que nous mettrons bientôt nos lecteurs à même de faire entre ces deux pièces fondées sur une même donnée, mais traitées à un si grand intervalle et d'une manière si différente, ne sera pas, nous l'espérons, sans intérêt pour l'histoire de l'art et des mœurs.

D'ailleurs, presque tous les sujets choisis par Hroswitha sont de cette nature délicate et chatouilleuse; c'était dans cet écrivain un système arrêté, et qu'elle développe ingénument dans une de ses préfaces; car, heureusement pour notre instruction, les arguments et les préfaces abondent dans les œuvres de l'illustre allemande :

«Comme plusieurs hommes pieux, dit-elle, ne peuvent s'empêcher de préférer les agréments de livres profanes à l'utilité des livres saints, et que beaucoup de ceux même qui méprisent les fictions des Gentils se plaisent à la lecture du poète Térence, j'ai cru devoir, moi, *la voix forte de Gandersheim*, imiter celui que d'autres lisent. Je me propose en cela de substituer de pieuses histoires de vierges pures aux déportements des femmes païennes. Je me suis efforcée, selon les facultés de mon faible génie, *juxta mei facultatem ingenioli*, de célébrer les victoires de la chasteté, particulièrement celles de ces victoires où l'on

voit triompher la faiblesse des femmes et où la brutalité virile est confondue.»

Or, pour nous montrer ces triomphes féminins dans tout leur éclat, il était nécessaire que ces chastetés de femmes fussent exposées aux plus grands périls. De là le choix de ces légendes, toutes au fond très édifiantes et très morales, sans aucun doute, mais qui toutes aussi roulent sur des aventures fort singulières et propres à alarmer la modestie. Il est juste d'ajouter que si les sujets traités par Hroswitha sont pris d'ordinaire dans un ordre de faits et d'idées qui semble périlleux pour la décence, la diction de la pieuse nonne demeure toujours aussi pure et aussi chaste que ses intentions sont candides et irréprochables.

On remarquera, si je ne m'abuse, dans la comédie d'*Abraham* un enchaînement de scènes bien liées, beaucoup de clarté dans l'action, un dialogue facile et rapide, un extrême naturel, tant dans les sentiments que dans le langage, et, en somme, beaucoup plus d'art que ne le suppose l'âge où vivait l'écrivain. La tristesse de la jeune pécheresse dans son désordre, les larmes furtives qui lui échappent pendant l'orgie qu'elle devrait égayer, enfin la belle scène de la reconnaissance, au moment où, retiré dans un réduit secret et les portes bien closes, l'oncle jette à terre son chapeau de cavalier et montre à sa nièce foudroyée ses cheveux blanchis dans le jeûne et ses rides vénérables, les paroles compatissantes du saint ermite, la contrition profonde, les soupirs étouffés de la jeune pénitente, sont des beautés de tous les temps et de tous les lieux. Qu'on donne ces deux ou trois scènes à jouer à Frédéric Lemaître et à madame Dorval, et je parie pour trois salves d'applaudissements et pour un succès de larmes. En vérité, on reste confondu quand on songe qu'un dialogue si naturel et si pathétique, sur un sujet si délicat et si mondain, a été écrit par une sainte fille, dans le moins lettré des siècles obscurs, au fond d'un monastère saxon. Et cependant, ce fait ne peut pas être révoqué en doute. Il existe deux éditions des œuvres en prose et en vers de Hroswitha, l'une publiée en 1501 par l'illustre Conrad Celtes, in-folio, ornée de très grandes et très curieuses miniatures; l'autre donnée en 1717 par Hen. Leo. Schurzfleisch, in-4°. Un manuscrit des œuvres de Hroswitha était conservé, à la fin du dernier siècle, dans le couvent de Saint-Hemeran, à Ratisbonne, où il est vraisemblablement encore aujourd'hui. Hen. Meibomius a écrit la vie de cette femme, l'une des gloires poétiques de son pays.

CHARLES MAGNIN.

[1] Par Decker.

ABRAHAM

COMÉDIE

REPRÉSENTÉE AU MONASTÈRE DE GANDERSHEIM, AU DIXIÈME SIÈCLE.

PERSONNAGES[1].

ABRAHAM.
EPHREM.
MARIE.

UN AMI D'ABRAHAM.
UN HÔTELIER.

ARGUMENT.

Chute et conversion de Marie, nièce d'Abraham, ermite.

Marie, après avoir vécu vingt années en solitude, se laisse séduire, rentre dans le siècle et ne craint pas de se mêler à des courtisanes. Au bout de deux ans les prières d'Abraham, qui s'était présenté à elle comme un amant, la rappellent à la vertu. Elle effaça par des larmes abondantes, par des jeûnes, des prières et des veilles continuées pendant vingt ans, les traces de ses péchés.

SCÈNE I^e.

ABRAHAM, EPHREM.

ABRAHAM.

Ephrem, mon frère et le compagnon de ma solitude, voulez-vous vous entretenir avec moi ou dois-je attendre que vous ayez fini de louer le Seigneur?

EPHREM.

Notre conversation ne doit avoir d'autre objet que les louanges de celui qui a promis de se trouver au milieu de ceux qui s'assemblent en son nom.

ABRAHAM.

Je ne suis venu que pour m'entretenir avec vous de ce qui peut être agréable à la divine volonté.

EPHREM.

C'est pourquoi je ne veux pas différer cet entretien même d'un moment, mais je me donne tout à vous.

ABRAHAM.

Un projet fermente dans mon esprit et je désire que votre volonté réponde à la mienne.

EPHREM.

Avec un même cœur, avec une même ame,

(1) L'auteur ne se sert pas de l'expression consacrée par les anciens *Dramatis personæ*, il emploie le mot *interlocutores*. C'est qu'effectivement les acteurs de ces divertissements monastiques, du sixième au douzième siècle, n'étaient pas masqués, *personati*, comme les acteurs anciens. Les jeunes religieuses qui faisaient les rôles d'hommes mettaient seulement des barbes, comme nous le voyons au sixième siècle dans les actes du procès de l'abbesse de Poitiers, rapportés par Grégoire de Tours. Cet usage fit appeler *Barbatoriæ* ces sortes de pièces.

2 Jamais l'auteur n'indique le lieu de la scène, qui d'ailleurs change fort souvent. L'usage alors très répandu des tapisseries rendait ces changements faciles. La première scène est censée se passer dans les déserts de la Thébaïde.

nous devons vouloir ou ne vouloir pas les mêmes choses.

ABRAHAM.

J'ai une nièce encore en bas âge, privée de l'appui de son père et de sa mère. La compassion que m'inspire son isolement me donne pour elle la plus vive affection et son sort me cause de continuelles inquiétudes.

EPHREM.

Que vous font les soucis du monde, à vous qui avez triomphé du siècle?

ABRAHAM.

Mon seul souci est que l'éclatante beauté de ma nièce ne soit un jour ternie par la souillure du péché.

EPHREM.

Une telle crainte doit être approuvée.

ABRAHAM.

Je l'espère.

EPHREM.

Quel est son âge?

ABRAHAM.

Qu'une révolution mensuelle s'accomplisse et elle aura respiré l'air vital pendant deux olympiades.

EPHREM.

Votre pupille est loin de la maturité.

ABRAHAM.

Aussi ne suis-je pas libre d'inquiétude.

EPHREM.

Où vit-elle?

ABRAHAM.

Dans mon humble manse; car, à la prière de ses parents, je l'ai prise chez moi pour l'élever: j'ai résolu de distribuer ses richesses aux pauvres.

EPHREM.

Le mépris des choses temporelles convient à un esprit fixé sur le ciel.

ABRAHAM.

Je brûle du désir de fiancer ma nièce au Christ et de la soumettre à sa discipline.

EPHREM.

Ce désir est louable.

ABRAHAM.

Le nom qu'elle porte me le commande.

EPHREM.

Quel est son nom?

ABRAHAM.

Marie.

EPHREM.

Il est vrai que la couronne de la virginité sied bien à l'excellence de ce nom.

ABRAHAM.

Je ne doute point que, si nous l'exhortons avec douceur à se vouer au Christ, nous ne la trouvions facile à céder à nos conseils.

EPHREM.

Rendons-nous auprès d'elle et tâchons de faire comprendre à son esprit la douceur du célibat.

SCÈNE II.

LES PRÉCÉDENTS, MARIE.

ABRAHAM.

O ma fille adoptive! ô partie de mon âme! Marie, cède à mes avis paternels et aux instructions salutaires de mon compagnon Ephrem: tâche d'imiter par ta chasteté la patronne de la virginité à qui tu ressembles déjà par le nom.

EPHREM.

Il serait bien peu convenable, ma fille, que vous qui, par le mystère de votre nom, vous élevez sur l'axe du monde près de Marie, la mère de Dieu, au milieu des astres qui ne doivent jamais tomber, vous rampiez, inférieure en mérite, parmi les plus infimes créatures de la terre.

MARIE.

J'ignore le mystère de mon nom, ce qui fait que je ne comprends point ce que signifient les circonlocutions dont vous vous servez.

EPHREM.

Marie signifie *l'étoile de la mer*, l'étoile autour de laquelle roule le monde et sont appelés les peuples.

MARIE.

Pourquoi l'appelle-t-on l'étoile de la mer?

EPHREM.

Parce qu'elle ne se couche jamais et qu'elle montre aux navigateurs le sentier du droit chemin.

MARIE.

Et comment pourrait-il se faire que moi, si faible créature, formée de boue, je pusse atteindre à ce mérite qui fait briller le mystère de mon nom?

EPHREM.

Vous le pourrez en conservant la pureté du corps et la sainteté de l'esprit.

MARIE.

C'est un honneur bien grand pour un être mortel que de se voir égaler aux rayons des astres.

EPHREM.

Oui, si vous restez vierge et pure, vous serez l'égale des anges de Dieu. Entourée de leur phalange quand vous aurez déposé votre grossière enveloppe corporelle, traversant les airs, franchissant les nuages, vous parcourrez le cercle du Zodiaque et ne vous ar-

rérez que dans les bras du Fils de la Vierge,
sur la couche radieuse de sa mère.

MARIE.

Qui ne sait pas apprécier ce bonheur vit
comme la brute [1]; aussi je méprise les biens
terrestres, je renonce à moi-même pour mériter d'être admise un jour à jouir d'un tel
bonheur.

EPHREM.

En vérité, nous trouvons dans le cœur de
cette enfant la maturité d'esprit d'un vieillard.

ABRAHAM.

C'est à la bonté de Dieu qu'elle le doit.

EPHREM.

On ne peut le nier.

ABRAHAM.

Mais bien qu'elle soit éclairée par la grace
divine, il ne faut pas que dans un âge si faible
elle soit livrée à elle-même.

EPHREM.

Cela est vrai.

ABRAHAM.

Je lui construirai, près de mon humble
manse, une cellule dont l'entrée sera très
étroite, et par la fenêtre de laquelle je lui
apprendrai, dans mes fréquentes visites, les
psaumes et les autres parties des livres saints.

EPHREM.

Cela est convenable.

MARIE.

Ephrem, mon père, je me mets sous votre
direction.

EPHREM.

Que l'époux céleste à qui vous vous êtes
vouée dans un âge si tendre vous défende,
ô ma fille, contre toutes les fraudes du démon !

SCÈNE III.

ABRAHAM, EPHREM.

ABRAHAM.

Frère Ephrem, si quelque coup de la bonne
ou de la mauvaise fortune vient à m'atteindre,
c'est vous que je vais trouver le premier;
c'est vous seul que je consulte; ne soyez
donc pas importuné des plaintes que je pro-
fère, mais assistez-moi dans ma douleur.

EPHREM.

Abraham, Abraham, quel malheur éprou-
vez-vous? pourquoi cette tristesse qui passe
toutes les bornes? Un solitaire doit-il être
agité des mêmes troubles que les séculiers?

ABRAHAM.

Un malheur sans égal est tombé sur moi,
une douleur intolérable m'accable.

EPHREM.

Ne me fatiguez pas par un long détour,
dites-moi ce que vous souffrez.

ABRAHAM.

Marie, ma fille adoptive, que j'ai n[...]
avec tant de zèle, que j'ai instruite avec
de soin pendant quatre lustres...

EPHREM.

Eh bien?

ABRAHAM.

Hélas ! elle est perdue.

EPHREM.

Comment cela?

ABRAHAM.

D'une manière déplorable. Après sa faute,
elle s'est échappée secrètement.

EPHREM.

De quels piéges l'a donc environnée la ruse
de l'antique serpent?

ABRAHAM.

Il s'est servi de la coupable passion d'un im-
posteur qui, lui rendant de fréquentes visites sous un faux habit de moine, a enfin
amené le cœur de cette jeune fille à partager
son amour; elle s'est échappée par la fenêtre
pour commettre le crime.

EPHREM.

Ce récit me fait frémir.

ABRAHAM.

Mais lorsque l'infortunée se vit déshonorée,
elle se frappa la poitrine, se meurtrit le visage, déchira ses vêtements, s'arracha les
cheveux et jeta des cris lamentables.

EPHREM

Ce n'était pas sans rai[...], car une ruine
semblable doit être pleurée par un torrent de
larmes.

ABRAHAM.

Elle gémissait de n'être plus ce qu'elle
avait été.

EPHREM.

Malheur à elle !

ABRAHAM.

Elle pleurait de s'être écartée de nos conseils.

EPHREM.

Et beaucoup.

ABRAHAM.

Elle se lamentait en pensant qu'elle avait
perdu le fruit de ses veilles, de ses jeûnes et
de ses prières.

EPHREM.

Si elle persévérait dans un tel repentir elle
serait sauvée.

ABRAHAM.

Elle n'y a point persévéré, mais à une [...]

...ère faute elle a ajouté des fautes encore
plus grandes.

EPHREM.

Je suis troublé jusqu'au fond du cœur;
mais mes membres perdent leur force.

ABRAHAM.

Après s'être punie elle-même par sa funeste
émulation, vaincue par l'excès de sa
peur, elle se précipita dans l'abîme du
changement.

EPHREM.

Quelle perte funeste!

ABRAHAM.

Désespérant de mériter jamais son pardon,
elle rentra dans le siècle et se fit un instru-
ment de la vanité du monde.

EPHREM.

Jamais jusqu'à ce jour le démon n'avait
remporté une pareille victoire sur un solitaire.

ABRAHAM.

Nous sommes maintenant la proie des démons.

EPHREM.

Il est étonnant qu'elle ait pu s'échapper à
votre insu.

ABRAHAM.

J'avais déjà l'esprit troublé; déjà une vision effrayante, si mon esprit n'eût pas été
rempli d'aveuglement, me présageait la ruine
de Marie[1].

EPHREM.

Racontez-moi cette vision.

ABRAHAM.

Il me semblait que j'étais à la porte de ma
cellule, lorsqu'un dragon énorme et qui ré-
pandait une odeur fétide s'abattit avec impé-
tuosité sur une jeune et blanche colombe
qui se trouva près de moi, la saisit, la dévora
et disparut.

EPHREM.

Cette vision était bien claire.

ABRAHAM.

À mon réveil, réfléchissant à ce que j'avais
vu, je craignis que l'église ne fût menacée
de quelque persécution qui fit tomber quelques
fidèles dans l'erreur.

EPHREM.

Cela était à craindre.

ABRAHAM.

Ensuite, me prosternant pour prier, je sup-
pliai celui dont la prescience connaît l'avenir
de me découvrir la suite de ce songe.

EPHREM.

Vous avez bien agi.

ABRAHAM.

Enfin, la troisième nuit, lorsque je repo-
sais mes membres fatigués, je crus voir le
même dragon rouler mort à mes pieds et la
colombe reparut à mes yeux sans la moindre
blessure.

EPHREM.

Ce récit me comble de joie; car je ne doute
pas que votre chère Marie ne revienne un
jour près de vous.

ABRAHAM.

À mon réveil, en me rappelant ce songe,
je me consolais du malheur que me présageait le premier. Je me recueillis alors pour
penser à ma pupille. Je me souvins aussi,
non sans tristesse, que depuis deux jours je
ne l'entendais plus chanter, selon sa coutume, les louanges du Seigneur.

EPHREM.

Ce souvenir était bien tardif.

ABRAHAM.

Je l'avoue; je m'approchai, je frappai de la
main à la fenêtre de Marie en l'appelant plusieurs fois ma fille.

EPHREM.

Hélas! c'était en vain que vous l'appeliez.

ABRAHAM.

Cette idée ne me vint pas encore; je lui
demandai la cause de sa négligence à remplir
ses devoirs pieux, mais je ne reçus pas le plus
faible murmure pour réponse.

EPHREM.

Que fîtes-vous alors?

ABRAHAM.

Dès que je m'aperçus que celle que je cher-
chais était absente, mes entrailles furent
émues de crainte, tout mon corps trembla.

EPHREM.

On ne peut s'en étonner, et moi-même
j'éprouve le même trouble en vous écoutant.

ABRAHAM.

Je remplis les airs de cris lamentables,
demandant quel loup m'avait enlevé mon
agneau, quel brigand retenait ma fille cap-
tive?

EPHREM.

Vous déploriez avec raison la perte de celle
que vous avez nourrie.

ABRAHAM.

Enfin arrivèrent des gens qui, sachant la
vérité, me dirent tout ce que je vous ai ra-
conté et m'apprirent qu'elle s'était livrée
aux vanités du siècle.

EPHREM.

Où demeure-t-elle?

[1] Bien que ces comédies soient faites, comme le dit
l'auteur, *ad æmulationem Terentii*, ce sont les imita-
tions de Virgile, et particulièrement des églogues, qui
semblent y dominer.

ABRAHAM.

On l'ignore.

EPHREM.

Que ferez-vous?

ABRAHAM.

J'ai un ami fidèle qui parcourt les villes et les campagnes et ne prendra de repos que lorsqu'il saura quelle terre a reçu Marie.

EPHREM.

Et s'il découvre sa retraite?

ABRAHAM.

Je prendrai d'autres habits; j'irai la trouver sous l'extérieur d'un amant; j'essaierai si mes exhortations ne peuvent la faire rentrer, après ce cruel naufrage, dans le port de son premier repos.

EPHREM.

Oui; mais que ferez-vous si on vous offre à manger de la viande et à boire des coupes de vin?

ABRAHAM.

Je ne refuserai point, pour ne pas être reconnu.

EPHREM.

Ce sera user d'un louable discernement, que de relâcher pour quelques moments le frein étroit de la discipline, afin de regagner une ame à Jésus-Christ.

ABRAHAM.

Ce qui m'enhardit à exécuter mon projet, c'est de voir que vous l'approuvez.

EPHREM.

Celui qui connaît les replis des cœurs sait quelle est l'intention qui nous dirige dans chacune de nos actions; il les pèse avec équité et il ne regarde point comme coupable de prévarication celui qui, s'affranchissant pour un moment du joug d'un régime austère, ne dédaigne point de s'assimiler aux créatures les plus faibles pour ramener plus sûrement une ame qui s'est égarée.

ABRAHAM.

C'est à vous de m'aider de vos prières, de peur que la malice du démon n'entrave mes projets.

EPHREM.

Que l'être souverainement bon, sans lequel aucun bien n'est possible, veuille accorder une heureuse issue à vos desseins.

SCÈNE IV.

ABRAHAM, L'AMI D'ABRAHAM.

ABRAHAM.

Ne vois-je pas venir cet ami que j'envoyai il y a plus de deux ans à la recherche de Marie? C'est lui-même.

L'AMI.

Salut, mon vénérable père!

ABRAHAM.

Salut, fidèle ami! Je vous ai attendu longtemps, et je désespérais maintenant de votre retour.

L'AMI.

Je vous ai fait ainsi attendre parce que je ne voulais pas prolonger votre inquiétude par des renseignements incertains; dès que j'ai eu découvert la vérité, je me suis hâté de venir.

ABRAHAM.

Avez-vous vu Marie?

L'AMI.

Je l'ai vue.

ABRAHAM.

Où?

L'AMI.

C'est une chose lamentable à dire.

ABRAHAM.

Dites-le-moi, je vous prie.

L'AMI.

Elle a choisi la demeure d'un homme qui tient un lieu de débauche; cet homme a pour elle le plus grand attachement, et ce n'est pas sans raison; car tous les jours il reçoit beaucoup d'argent des amants de Marie.

ABRAHAM.

Des amants de Marie?

L'AMI.

Oui.

ABRAHAM.

Et qui sont ces amants?

L'AMI.

Ils sont très nombreux.

ABRAHAM.

Hélas! ô Jésus! quelle monstruosité! J'apprends que celle que j'avais élevée pour être ton épouse se livre à des amants étrangers!

L'AMI.

Ce fut de tout temps la coutume des courtisanes de se livrer à l'amour des étrangers.

ABRAHAM.

Procurez-moi un cheval léger, un habit militaire; je veux déposer mon vêtement de religion, et me présenter à elle comme un amant.

L'AMI.

Voici tout ce que vous m'avez demandé.

ABRAHAM.

Apportez-moi, je vous prie, un grand chapeau pour voiler ma tonsure.

L'AMI.

Cette précaution est surtout nécessaire pour que vous ne soyez pas reconnu.

ABRAHAM.

Si j'emportais l'unique pièce d'or que je possède pour payer l'hôte de ma nièce?

L'AMI.

Sans cela vous ne pourriez parvenir à entretenir Marie.

SCÈNE V[1].

ABRAHAM, L'HOTELIER.

ABRAHAM.

Salut, bon hôtelier.

L'HOTELIER.

Qui me parle? Hôte, salut!

ABRAHAM.

Avez-vous de la place pour un voyageur qui veut passer la nuit chez vous?

L'HOTELIER.

Oui, sans doute; nous ne devons fermer notre petite hôtellerie à personne.

ABRAHAM.

C'est très bien.

L'HOTELIER.

Entrez, on va vous préparer à souper.

ABRAHAM.

Je vous dois beaucoup pour ce bon accueil; mais j'ai quelque chose de plus à vous demander.

L'HOTELIER.

Demandez ce que vous voudrez; je vous l'accorderai, si je le puis.

ABRAHAM.

Acceptez ce petit présent que je vous offre, et faites en sorte que cette belle fille qui, je le sais, demeure chez vous, soupe avec nous ce soir.

L'HOTELIER.

Pourquoi voulez-vous la voir?

ABRAHAM.

Parce que le fréquent éloge que j'ai entendu faire de sa beauté m'inspire un vif désir de la connaître.

L'HOTELIER.

Ceux qui vantent sa beauté ne mentent point, car les graces de son visage surpassent celles de toutes les autres femmes.

ABRAHAM.

De là vient que je brûle d'amour pour elle.

(1) Hroswitha n'a pas plus imité de Térence l'unité de lieu que celle des temps. Cette nouvelle forme de drame qui est restée celle de Shakspeare, de Calderon et de Goethe, a commencé à se montrer dans la première pièce faite sur des idées et des traditions modernes, dans la *Sortie d'Egypte* ou le *Moïse* d'Ezéchiel le tragique, drame grec du second siècle, dont il nous reste de longs et précieux fragments.

L'HOTELIER.

Vieux et décrépit comme vous êtes, je m'étonne que vous puissiez brûler d'amour pour une jeune femme.

ABRAHAM.

Je vous assure que je ne viens ici que pour la voir.

SCÈNE VI.

LES PRÉCÉDENTS, MARIE.

L'HOTELIER.

Avancez, Marie, et faites admirer votre beauté à ce néophyte.

MARIE.

Me voici.

ABRAHAM, *à part*.

De quelle assurance, de quelle fermeté d'esprit ne dois-je pas m'armer pour voir celle que j'ai nourrie dans les retraites de mon ermitage, chargée des parures d'une courtisane? Mais il n'est pas temps que mon visage révèle ce qui se passe dans mon cœur. Je retiens avec un mâle courage mes larmes prêtes à couler, et sous une feinte gaîté, je cache l'amertume intérieure de ma douleur.

L'HOTELIER.

Heureuse Marie, réjouissez-vous, car aujourd'hui, non-seulement les jeunes gens de votre âge viennent, comme de coutume, vous témoigner leur amour, mais on voit la vieillesse elle-même accourir vers vous.

MARIE.

Tous ceux qui m'aiment reçoivent de moi en retour un amour égal.

ABRAHAM.

Approchez, Marie, donnez-moi un baiser.

MARIE.

Non-seulement je vous donnerai les plus doux baisers, mais je caresserai ce col flétri par les ans.

ABRAHAM.

Volontiers.

MARIE, *à part*.

Quelle est l'odeur que je sens? quel parfum extraordinaire! Cette saveur me rappelle mon ancienne abstinence.

ABRAHAM, *à part*.

C'est à présent qu'il faut feindre et me livrer aux folies d'un jeune étourdi, de peur que ma gravité ne me fasse reconnaître et que la honte ne la force à rentrer dans sa retraite.

MARIE.

Malheureuse que je suis! D'où suis-je tombée? dans quel abîme de perdition ai-je roulé?

ABRAHAM.

Ce lieu où s'assemblent les convives ne doit pas entendre de plaintes.

L'HOTELIER.

Marie, notre dame, pourquoi soupirez-vous? pourquoi versez-vous donc des larmes? N'êtes-vous pas dans cette maison depuis deux ans? Jamais je ne vous ai vu gémir, jamais je n'ai remarqué que vos propos fussent plus tristes.

MARIE.

Plût à Dieu que la mort m'eût enlevée il y a trois ans! je ne serais point descendue à cet excès d'opprobre.

ABRAHAM.

Je ne viens pas ici pour pleurer vos péchés, mais pour partager votre amour.

MARIE.

Un léger repentir m'attristait et me faisait ainsi parler; mais livrons-nous à la joie et aux plaisirs de la table; car, comme vous m'en faites souvenir, ce n'est pas le moment de pleurer mes péchés.

(Ils se mettent à table.)

ABRAHAM.

Nous avons assez mangé, nous avons assez bu, grace à votre libérale hospitalité, ô digne hôtelier! Permettez-moi de quitter la table pour aller reposer dans un lit mon corps fatigué et goûter un doux repos.

L'HOTELIER.

Comme vous voudrez.

MARIE.

Levez-vous, mon seigneur, levez-vous: je vais vous accompagner.

ABRAHAM.

Je le désire; rien ne m'aurait fait sortir d'ici si vous n'aviez dû me suivre [1].

SCÈNE VII.

MARIE, ABRAHAM.

MARIE.

Voici une chambre où nous serons bien; voici un lit qui n'est point celui d'un pauvre. Asseyez-vous, que je vous épargne la peine d'ôter votre chaussure.

ABRAHAM.

Fermez d'abord le verrou avec soin, que personne ne puisse entrer.

MARIE.

Que cela ne vous inquiète pas; je ferai en sorte que personne ne puisse arriver jusqu'à nous.

ABRAHAM, à part.

Il est temps maintenant d'ôter le grand chapeau qui couvre ma tête et de montrer qui je suis. (haut.) O ma fille d'adoption! ô moitié de mon ame, Marie! reconnaissez-vous en moi ce vieillard qui vous a nourrie avec la tendresse d'un père et qui vous a donné pour épouse au Fils unique du roi des cieux?

MARIE.

O Dieu! c'est mon père et mon maître Abraham, qui me parle!

(Elle se prosterne.)

ABRAHAM.

Que t'est-il donc arrivé, ma fille?

MARIE.

De bien grands malheurs.

ABRAHAM.

Qui t'a trompée? qui t'a séduite?

MARIE.

Celui qui a perdu nos premiers pères.

ABRAHAM.

Que sont devenus ces entretiens que tu avais sur la terre avec les anges?

MARIE.

Ils sont tout-à-fait perdus.

ABRAHAM.

Où est ta pudeur virginale? où est ton admirable chasteté?

MARIE.

Perdue! tout-à-fait perdue!

ABRAHAM.

Si tu ne rentres pas dans la voie du salut, peux-tu espérer de recevoir le prix de tes jeûnes, de tes veilles, de tes prières, puisque, tombée de la hauteur du ciel tu t'es précipitée dans les profondeurs de l'enfer?

MARIE.

Hélas!

ABRAHAM.

Pourquoi m'as-tu méprisé? pourquoi m'as-tu abandonné? pourquoi ne m'avoir pas instruit de ta chute? Aidé de mon cher Ephrem, nous aurions fait pour toi pénitence.

MARIE.

Après que je fus tombée dans le péché, souillée comme je l'étais, je n'osai plus m'approcher de votre sainteté.

ABRAHAM.

Qui jamais vécut exempt de péché, si ce n'est le Fils de la Vierge?

MARIE.

Personne.

ABRAHAM.

Pécher est une faiblesse de l'humanité;

---

[1] Je ne puis m'empêcher de faire remarquer combien il y a d'art délicat et de grace pudique dans tous les mots à double entente, que le bon ermite prononce dans cette scène et dans la précédente.

ce qui nous assimile au démon, c'est de persévérer dans le péché. On doit blâmer non celui qui tombe à l'improviste, mais celui qui néglige de se relever le plus tôt possible.

MARIE.

Malheureuse que je suis !

ABRAHAM.

Pourquoi te laisses-tu abattre? pourquoi rester ainsi immobile, prosternée à terre? Relève-toi et écoute ce que je vais te dire.

MARIE.

Je suis tombée frappée de terreur; je ne pouvais soutenir vos exhortations paternelles.

ABRAHAM.

Songe, ma fille, à ma tendresse pour toi, et cesse de craindre.

MARIE.

Je ne puis.

ABRAHAM.

N'est-ce pas pour toi qu'ayant quitté mon désert chéri j'ai renoncé à toute discipline régulière? n'est-ce pas pour toi, que moi, vénérable ermite, je me suis fait le convive de jeunes débauchés? Moi, qui depuis si long-temps m'étais voué au silence, n'ai-je pas proféré des paroles joviales pour ne pas être reconnu? Pourquoi baisser les yeux et regarder la terre? pourquoi, ô ma fille, dédaignes-tu de me répondre?

MARIE.

La conscience de mon crime m'accable; je n'ose lever les yeux vers le ciel, ni m'entretenir avec vous.

ABRAHAM.

Ne crains pas; ne te désespères pas, ma fille; mais sors de cet abîme de désespoir et mets toute ta confiance en Dieu.

MARIE.

L'énormité de mes péchés m'a plongée dans le plus profond désespoir.

ABRAHAM.

Sans doute, vos péchés sont bien grands, ma fille! mais la miséricorde divine est plus grande que toutes les choses créées[1]. Bannissez donc cette tristesse, et profitez de ce peu de temps qui vous est donné pour vous repentir, afin que la grace divine abonde où abonda le désordre et l'abomination.

MARIE.

Si j'avais quelque espoir d'obtenir mon pardon, je me livrerais avec ardeur au repentir.

ABRAHAM.

Ayez pitié, ma fille, des fatigues aux-

quelles je me suis exposé pour vous; renoncez à ce funeste découragement qui vous rendrait plus coupable que toutes vos fautes mêmes n'ont pu le faire; car celui qui désespère de la miséricorde de Dieu envers les pécheurs commet un péché irrémissible. De même que l'étincelle qui jaillit du caillou ne peut embraser la mer, de même l'amertume de nos péchés ne peut altérer la clémence divine.

MARIE.

Je ne nie pas la grandeur de la clémence suprême; mais quand je considère l'énormité de ma faute, je crains qu'il n'y ait pas de pénitence qui puisse suffire à l'effacer.

ABRAHAM.

Je me charge du poids de votre iniquité; retournez seulement au lieu que vous avez quitté et reprenez le genre de vie auquel vous avez renoncé.

MARIE.

Je ne m'oppose à aucun de vos désirs; j'obéirai respectueusement à vos ordres.

ABRAHAM.

Je vois bien à présent que j'ai retrouvé ma fille, celle que j'ai nourrie; à présent c'est vous que je chérirai par-dessus toutes choses.

MARIE.

Je possède un peu d'or et quelques vêtements précieux; j'attends ce que votre autorité décidera sur ces objets.

ABRAHAM.

Ce que vous avez acquis par le péché, il faut l'abandonner avec le péché.

MARIE.

Je pensais à les donner aux pauvres ou à les offrir aux saints autels.

ABRAHAM.

Le produit du crime ne saurait être un présent agréable à Dieu.

MARIE.

Je ne m'occuperai plus de cette idée.

ABRAHAM.

L'étoile du matin paraît : le jour est venu : partons.

MARIE.

C'est à vous, père chéri, de précéder, comme le bon pasteur, la brebis que vous avez retrouvée, et moi, marchant sur vos traces, je vous suivrai.

ABRAHAM.

Il n'en sera pas ainsi : j'irai à pied et vous monterez sur mon cheval, de peur que l'aspérité du chemin ne blesse vos pieds délicats[1].

[1] Ce passage nous rappelle ces beaux vers de l'*Hamlet* de Ducis :

Votre crime est horrible, inhumain, odieux ;
Mais il n'est pas plus grand que la bonté des Dieux :

On croit lire la traduction des belles paroles que Hroswitha met dans la bouche d'Abraham.

[1] Toujours Virgile mêlé à la Bible!

MARIE.

Comment vous louer dignement? par quelle reconnaissance payer tant de bonté? Loin de me forcer au repentir par la terreur, vous m'y amenez, moi indigne de pitié, par les plus douces, par les plus tendres exhortations.

ABRAHAM.

Je ne vous demande rien autre chose que de demeurer fidèle au Seigneur tout le reste de votre vie.

MARIE.

Je m'attacherai à Dieu de toute ma volonté, de toutes mes forces; et si le pouvoir de le servir me manque, ce ne sera jamais du moins la volonté qui me manquera.

ABRAHAM.

Il faut maintenant servir Dieu avec une ardeur égale à celle que vous avez montrée pour les vanités du monde.

MARIE.

Je fais des vœux pour que, par vos mérites, la volonté divine s'accomplisse en moi.

SCÈNE VIII.

LES MÊMES.

ABRAHAM.

Hâtons notre marche.

MARIE.

Oui, hâtons-nous, car je suis pressée d'arriver.

SCÈNE IX.

LES MÊMES.

ABRAHAM.

Avec quelle rapidité nous avons parcouru cette route difficile!

MARIE.

Tout ce qu'on fait avec dévotion se fait aisément.

ABRAHAM.

Voici votre cellule déserte.

MARIE.

Hélas! elle fut témoin de mon crime, je n'ose y entrer.

ABRAHAM.

On a raison de fuir un lieu où l'ennemi a triomphé.

MARIE.

En quel lieu m'ordonnez-vous de faire pénitence?

ABRAHAM.

Entrez dans cette autre cellule plus recu-

lée, pour que le vieux serpent ne trouve plus l'occasion de vous tromper.

MARIE.

Je ne résiste pas; je veux suivre vos volontés.

ABRAHAM.

Je vais voir mon ami Ephrem, afin qu'il se réjouisse avec moi de ce que je vous ai retrouvée, lui qui fut le seul à pleurer avec moi votre perte.

MARIE.

Cela est juste.

SCÈNE X.

ABRAHAM, EPHREM.

EPHREM.

M'apportez-vous quelques bonnes nouvelles?

ABRAHAM.

Et de très bonnes.

EPHREM.

Je m'en réjouis; je ne doute pas que vous n'ayez retrouvé Marie.

ABRAHAM.

Oui, je l'ai retrouvée, et je l'ai ramenée avec joie au bercail.

EPHREM.

C'est l'œuvre de la clémence divine; je le crois.

ABRAHAM.

Sans aucun doute.

EPHREM.

Je voudrais savoir quelle est maintenant sa manière de vivre.

ABRAHAM.

Elle suit en tous points mes conseils.

EPHREM.

Elle ne peut faire rien qui lui soit plus utile.

ABRAHAM.

Elle s'est soumise à tout ce que je lui ai ordonné, quelque difficile, quelque pénible que cela fût.

EPHREM.

Cette obéissance est digne d'éloge.

ABRAHAM.

Revêtue d'un cilice, se mortifiant par des veilles et des jeûnes continuels, elle observe la discipline la plus austère et force son corps délicat à se soumettre à l'empire de son ame.

EPHREM.

Il est juste que les souillures d'une volupté criminelle soient effacées par la plus rude pénitence.

ABRAHAM.

Quand on entend ses gémissements on a

le cœur déchiré ; quand on voit son repentir on se livre soi-même à la contrition.

EPHREM.

Il en est toujours ainsi.

ABRAHAM.

Elle travaille de toutes ses forces à devenir pour le monde un exemple de conversion, comme elle a été une cause de chute.

EPHREM.

Cela est bien.

ABRAHAM.

Plus elle a été souillée, plus elle veut redevenir pure.

EPHREM.

A ce récit je prie avec plus de joie. Ce jour est pour moi un jour de bonheur.

ABRAHAM.

C'est avec raison, car les phalanges angéliques louent joyeusement le Très-Haut de la conversion du pécheur.

EPHREM.

On ne peut s'en étonner, car il n'est pas de plus grand plaisir pour la persévérance du juste que le repentir de l'impie.

ABRAHAM.

Nous devons d'autant plus louer la bonté du Seigneur envers elle qu'en nous reportant dans le passé nous avions moins d'espérances.

EPHREM.

Félicitons, louons, glorifions le vénérable et clément Fils unique de Dieu, qui ne veut pas laisser périr ceux qu'il a rachetés de son sang divin.

ABRAHAM.

A lui honneur, gloire et joie, dans des siècles sans fin !

AMEN.

FIN D'ABRAHAM.

CALLIMAQUE

(Callimacus)

COMÉDIE.

PAR HROSWITHA.

NOTICE SUR CALLIMAQUE.

Après *Abraham* la moins imparfaite et la plus pathétique des comédies de Hroswitha, il faut placer *Callimaque*, autre petit chef-d'œuvre du théâtre monastique au dixième siècle. Le sujet de cette seconde pièce n'est ni moins singulier ni moins hardi que celui du drame précédent; mais il est d'une nature fort différente et se rapproche davantage des conceptions modernes. En effet, dans *Callimaque*, les sentiments sont plus exaltés, la légende est plus merveilleuse, la couleur générale plus empreinte des idées occidentales et germaniques. Poésie, mouvement, passion, telles sont les qualités qui recommandent à notre examen cette originale et curieuse production.

On a dit mille fois que l'amour est un sentiment moderne, né en occident du mélange de la mysticité chrétienne et de l'exaltation naturelle aux races dites barbares. Toujours est-il bien remarquable que ce soit Hroswitha, une religieuse allemande contemporaine d'Othon II, qui nous ait légué la première et la plus ancienne peinture de cette passion, peinture sur laquelle près de neuf cents ans ont passé et qu'on dirait d'hier, tant nous y trouvons déjà les subtilités, la mélancolie, le délire de l'ame et des sens et jusqu'à cette fatale inclination au suicide et à l'adultère, attributs presque inséparables de l'amour au dix-neuvième siècle. Aussi ne voit-on dans *Callimaque* aucun de ces jeunes ou vieux débauchés des comédies de Plaute et de Térence, qui se disputent une esclave et marchandent une courtisane. Ce que peint Hroswitha dans *Callimaque*, c'est la

passion effrénée, aveugle, furieuse, d'un jeune homme encore païen pour une jeune femme chrétienne et mariée; femme chaste et timorée au point de demander en grace à Dieu de la faire mourir pour la soustraire aux dangers d'une tentation trop vive. Et, en même temps que la pudeur éveille de si délicats scrupules dans la conscience de Drusiana, l'amour bouillonne si violemment dans les veines de Callimaque qu'après la mort de celle qu'il aime, nous le verrons, comme Roméo, violer sa tombe à peine fermée et chercher les embrassements qu'elle lui a refusés vivante, dans la couche de marbre où gissent ses restes inanimés. Certes, quand cet ouvrage n'aurait d'autre mérite que de nous montrer un échantillon des sentiments et des paroles qu'échangeaient dans leurs tête-à-tête les amants du dixième siècle, et de soulever ainsi un pan du voile qui nous a caché jusqu'ici la vie intime et passionnée de ces temps de barbarie, ce monument, par cela seul, nous paraîtrait d'une valeur inappréciable.

Toutefois, dans *Callimaque* l'expression des passions et des mœurs du dixième siècle est plutôt fortuite et occasionnelle que volontaire et directe. L'action de ce drame n'est pas supposée se passer sous les yeux de l'écrivain. Drusiana est une habitante d'Éphèse, disciple de l'apôtre saint Jean, et, par conséquent, elle est censée vivre à la fin du premier siècle. C'est par un procédé constamment suivi par les dramatistes de toutes les époques, que Hroswitha prête à ses personnages les idées et le langage qui avaient cours de son temps dans les relations intimes des classes les plus polies, langage qu'elle-même avait dû entendre et parler bien souvent, avant d'avoir trouvé la paix du cœur sous les saintes voûtes de Gandersheim.

J'ai déjà rapproché involontairement Roméo et Callimaque. C'est qu'en effet il est impossible de n'être pas vivement frappé des points nombreux de ressemblance qui existent entre cette première esquisse du drame passionné et le véritable chef-d'œuvre du genre, *Roméo et Juliette*.

Un simple coup d'œil suffit pour faire apercevoir dans ces deux ouvrages des rapports qui, pour être extérieurs et en quelque sorte matériels, n'en sont ni moins singuliers ni moins notables. Ainsi, le dénouement des deux pièces présente aux yeux un tableau presque pareil. Dans l'une et l'autre on voit un caveau sépulcral, une tombe de femme ouverte, une jeune morte, fraîche encore, dont le suaire a été écarté par la main égarée de son amant, un jeune homme étendu mort au pied d'un cercueil. Sur le lieu de cette scène douloureuse et tragique surviennent, dans l'un et l'autre drame, deux hommes navrés de douleur, mais qui sont maîtres de leurs passions : dans Shakspeare, le père de la jeune fille et le moine Laurence ; dans *Callimaque*, le mari de la jeune défunte et l'apôtre saint Jean qui, plus heureux que le franciscain, aura le double pouvoir de ressusciter Drusiana et Callimaque, et de rendre celui-ci à la sagesse aussi bien qu'à la vie. Voilà, certes, il faut l'avouer, des ressemblances de personnages et de situations incontestables, mais qui ne sont, après tout, peut-être que secondaires et accidentelles. Ce qui mérite d'être vraiment et sérieusement remarqué, c'est le ton de mysticité sophistique qui donne aux plaintes de Callimaque un air de si proche parenté avec celles de Roméo. Chose étrange! la langue de l'amour est au dixième siècle aussi raffinée, aussi quintessenciée, aussi *précieuse* qu'au seizième ou au dix-septième siècle! Ouvrez les deux pièces ; l'une et l'autre commencent par un entretien de l'amant mélancolique avec ses amis. Eh bien! dans ces deux scènes, dont le dessin est presque identique, l'affectation des idées et la recherche des expressions sont égales des deux parts. Seulement, dans le poète de la cour d'Élisabeth le jeune amoureux se perd en *concetti* à la manière italienne ; dans Hroswitha, ce sont des arguties scolastiques et des distinctions tirées de la doctrine des *universaux* d'Aristote. On serait vraiment tenté de conclure de cette ressemblance que la bizarrerie de la pensée et l'extravagance de l'expression sont dans la nature même et dans la vérité de ce sentiment si tumultueux, si complexe, si indéfinissable : de ce sentiment qui ne serait plus l'amour s'il cessait d'être une énigme de vie ou de mort pour le cœur sanglant et agité qui l'éprouve.

Il est très certain que Hroswitha dans cette pièce comme dans *Abraham*, comme dans *Dulcitius*, comme dans *Paphnuce*, n'a guère fait que dialoguer le récit d'un agiographe ; mais, malgré d'assez nombreuses recherches, nous n'avons pu découvrir encore l'écrit original d'où cette pièce a été tirée. L'histoire de Callimaque et de Drusiana, accompagnée des circonstances touchantes et merveilleuses qu'on lit dans le drame, ne se rencontre dans aucune des vies de saint Jean l'Évangéliste que nous avons été à même de consulter. Cette aventure ne se trouve ni dans Métaphraste, ni dans le Pseudo-Prochorus. On lit seulement la simple mention de la résurrection de Drusiana, opérée par saint Jean à Éphèse, dans *la Légende dorée* rédigée, comme on sait, par Jacques de Voragine à la fin du treizième siècle, et dans une autre vie de saint Jean attribuée à Mélithon, évêque de Laodicée [1] ; mais cette mention est dépourvue dans ces deux écrivains des accessoires romanesques qui rendent si poétique la légende mise en action par notre auteur.

Si, malgré cette absence momentanée d'une preuve positive et directe, il ne nous était pas æsthétiquement démontré que Hroswitha dans *Callimaque*, comme dans ses autres pièces, a suivi simplement et pas à pas les traces d'un légendaire, il ne tiendrait qu'à nous de voir dans l'arrivée du serpent mystérieux qui protége si à propos la tombe de Drusiana, une imitation du serpent qui, dans le cinquième chant de *l'Énéide*, vient faire la ronde autour du tombeau d'Anchise. Au reste, cette conjecture classique peut ne pas sembler dénuée de toute vraisemblance, si l'on songe aux emprunts de détails que Hroswitha aime à faire à Virgile, et qui ne sont guère moins notables dans ce drame que dans celui d'*Abraham*. En résumé, *Callimaque* nous offre au plus haut degré ce qui constitue le grand caractère et le charme principal des comédies de cette femme illustre, le mélange piquant d'une diction semi-érudite et d'une imagination barbare.

Charles MAGNIN.

[1] voyez mss. lat. de la Bibl. roy. nos 2843, E. 3792. 3793 et 3794.

CALLIMAQUE

COMÉDIE.

PERSONNAGES.

CALLIMAQUE.
DRUSIANA.
ANDRONIQUE, mari de Drusiana.
FORTUNATUS, esclave d'Andronique.

L'apôtre SAINT JEAN.
LES AMIS DE CALLIMAQUE.
DIEU.

ARGUMENT.

Résurrection de Drusiana et de Callimaque. Drusiana étant morte dans le seigneur, Callimaque, qui l'avait aimée vivante, désolé de l'avoir perdue et aveuglé par une passion coupable, l'aima encore dans le tombeau plus qu'il ne devait. De là la morsure d'un serpent dont il mourut misérablement; mais, graces aux prières de l'apôtre saint Jean, il est ressuscité, ainsi que Drusiana, et renaît dans le Christ.

SCÈNE I.

CALLIMAQUE, SES AMIS.

CALLIMAQUE.

J'ai, mes amis, quelques mots à vous dire.

LES AMIS.

Usez de notre entretien aussi long-temps que vous voudrez.

CALLIMAQUE.

Je souhaiterais, si cette proposition ne vous déplaisait pas, que nous nous missions à l'abri des interrupteurs.

LES AMIS.

Nous sommes disposés à faire tout ce qui vous paraîtra convenable ou commode.

CALLIMAQUE.

Gagnons des lieux moins ouverts, afin qu'aucun importun ne vienne interrompre ce que j'ai à vous dire.

LES AMIS.

Comme il vous plaira.

SCÈNE II.

Un appartement reculé.

LES PRÉCÉDENTS.

CALLIMAQUE.

Je suis, mes amis, depuis long-temps en proie à une peine profonde, à une peine que j'espère adoucir par vos conseils.

LES AMIS.

Il est juste que la communauté de sympathies nous fasse ressentir ce que la mauvaise fortune apporte de bien ou de mal à chacun de nous.

CALLIMAQUE.

Oh! plût à Dieu que vous voulussiez prendre une part de ma souffrance en y compatissant!

LES AMIS.

Apprenez-nous quels sont vos chagrins, et, si leur gravité l'exige, nous y compatirons; sinon, nous nous efforcerons de distraire votre esprit d'une préoccupation funeste.

CALLIMAQUE.

J'aime!

LES AMIS.

Qu'aimez-vous?

CALLIMAQUE.

Une chose belle et pleine de graces.

LES AMIS.

La grace et la beauté sont des attributs qui ne s'appliquent pas à un seul ordre d'objets ni à tous les individus d'un même ordre[1]. Aussi ne nous avez-vous pas fait comprendre par ces mots l'être particulier que vous aimez.

CALLIMAQUE.

Eh bien! je me servirai du nom de femme.

LES AMIS.

Sous ce nom de femme, les comprenez-vous toutes?

CALLIMAQUE.

Non pas toutes généralement, mais une en particulier.

LES AMIS.

Ce qu'on dit d'un *sujet* ne peut s'entendre que quand le *sujet* est déterminé. Si donc vous voulez que nous connaissions *les attributs*, dites-nous d'abord quelle est la *substance*.

CALLIMAQUE.

Drusiana.

LES AMIS.

La femme du prince Andronique!

CALLIMAQUE.

Elle-même.

UN AMI.

Vous rêvez, Callimaque; cette femme a été purifiée par le baptême.

CALLIMAQUE.

Que m'importe? pourvu que je puisse la rendre favorable à mon amour!

LES AMIS.

Vous ne le pourrez pas.

CALLIMAQUE.

Pourquoi cette défiance?

LES AMIS.

Parce que vous entreprenez une chose trop difficile.

CALLIMAQUE.

Suis-je le premier qui tente une chose difficile, et de nombreux exemples ne doivent-ils pas m'encourager à tout oser?

UN AMI.

Écoutez-moi, frère : celle pour laquelle vous brûlez, suit la doctrine de l'apôtre saint Jean; elle s'est vouée entièrement à Dieu, à tel point que rien n'a pu lui persuader de rentrer dans le lit de son époux Andronique,

homme très chrétien. Encore bien moins consentira-t-elle à satisfaire vos vains désirs.

CALLIMAQUE.

Je vous ai demandé des consolations, et vous enfoncez le désespoir dans mon cœur!

LES AMIS.

Feindre, c'est tromper; celui qui flatte vend la vérité.

CALLIMAQUE.

Puisque vous me refusez votre secours, j'irai trouver Drusiana et par mes discours passionnés j'amènerai son ame à partager mon amour.

LES AMIS.

Vous n'y parviendrez pas.

CALLIMAQUE.

C'est qu'alors j'aurai les destins contre moi[1].

LES AMIS.

C'est une épreuve à tenter.

SCÈNE III.

CALLIMAQUE, DRUSIANA.

CALLIMAQUE.

C'est à vous que je parle, Drusiana, à vous que j'aime du plus profond de mon ame.

DRUSIANA.

Je ne comprends pas, Callimaque, ce que vous voulez de moi en m'adressant la parole.

CALLIMAQUE.

Vous ne le comprenez pas!

DRUSIANA.

Non.

CALLIMAQUE.

Je veux vous parler d'abord de mon amour.

DRUSIANA.

Qu'entendez-vous par votre amour?

CALLIMAQUE.

J'entends que je vous aime plus que toutes choses au monde.

DRUSIANA.

Quels sont les liens du sang, quels sont les nœuds formés par les lois qui vous portent à m'aimer?

CALLIMAQUE.

Votre beauté.

DRUSIANA.

Ma beauté!

CALLIMAQUE.

Oui, sans doute.

DRUSIANA.

Quel rapport y a-t-il entre ma beauté et vous?

CALLIMAQUE.

Hélas! presque aucun jusqu'à ce jour; mais j'espère que bientôt il en sera différemment.

---

[1] *Nec in solo, nec in omni.* La savante religieuse emploie la langue même de l'école.

1 *Quippe ego tua fatis.* Virgile! encore Virgile!

DRUSIANA.

Loin de moi! loin de moi! infâme suborneur! je rougirais d'échanger plus longtemps des paroles avec vous. Je le vois, vous êtes rempli des ruses du démon!

CALLIMAQUE.

Ma Drusiana! ne repoussez pas un homme qui vous aime, un homme qui vous est attaché par toutes les puissances de son ame! Répondez à mon amour.

DRUSIANA.

Je ne fais pas le moindre cas de votre langage corrupteur; je n'ai que du dégoût pour vos désirs impurs et je méprise profondément votre personne.

CALLIMAQUE.

Je ne me suis pas encore laissé emporter à la colère, parce que je pense que peut-être la pudeur vous empêche d'avouer l'effet que ma tendresse produit sur vous.

DRUSIANA.

Votre tendresse n'excite en moi que l'indignation.

CALLIMAQUE.

Je crois que vous ne tarderez pas à changer de sentiments.

DRUSIANA.

Je n'en changerai jamais; soyez-en sûr.

CALLIMAQUE.

Peut-être.

DRUSIANA.

Homme insensé! amant égaré! pourquoi te tromper ainsi toi-même? pourquoi t'abuser par un vain espoir? Par quelle raison, par quel aveuglement peux-tu espérer que je cède à tes folles prétentions, moi qui depuis long-temps me suis abstenue de partager la couche légitime de mon mari?

CALLIMAQUE.

J'en atteste le ciel et les hommes! Drusiana! si tu ne consens à répondre à mon amour, je ne prendrai ni repos ni relâche que je ne t'aie fait tomber dans mes piéges!

SCÈNE IV.

DRUSIANA, *seule.*

Hélas! Seigneur Jésus-Christ! que me sert d'avoir fait profession de chasteté? ma beauté n'en a pas moins été un appât pour ce jeune fou. Voyez mon effroi, Seigneur; voyez de quelle douleur je suis pénétrée. Je ne sais ce qu'il faut que je fasse : si je dénonce l'audace de Callimaque, je causerai peut-être des discordes civiles; si je me tais, je ne pourrai sans ton secours, ô mon Dieu! éviter les embûches du démon. Ordonne plutôt, ô Christ! que je meure en toi bien vite, afin que je ne

sois pas une occasion de chute pour ce jeune voluptueux!

SCÈNE V.

ANDRONIQUE, *seul.*

Infortuné que je suis! Drusiana vient de trépasser subitement! Je cours appeler saint Jean.

SCÈNE VI.

ANDRONIQUE, JEAN.

JEAN.

Pourquoi vous affligez-vous de la sorte, Andronique? pour quel sujet coulent vos larmes?

ANDRONIQUE.

Hélas! hélas! seigneur! ma propre vie m'est devenue un fardeau.

JEAN.

A quel malheur êtes-vous en proie?

ANDRONIQUE.

Drusiana, votre disciple...

JEAN.

A-t-elle quitté sa dépouille humaine?

ANDRONIQUE.

Hélas! vous l'avez dit.

JEAN.

Il n'est nullement convenable de verser des pleurs sur ceux dont nous croyons les ames heureuses dans le repos céleste.

ANDRONIQUE.

Je ne doute pas que son ame, comme vous l'assurez, ne goûte les joies éternelles, et que son corps, innaccessible à la corruption, ne ressuscite au jour marqué. Une chose cependant me pénètre de tristesse; c'est que par ses vœux elle ait, devant moi, invité la mort à venir la prendre.

JEAN.

Savez-vous quel a été son motif?

ANDRONIQUE.

Oui, je le sais, et je vous l'apprendrai, si je parviens un jour à me guérir de ma douleur présente.

JEAN.

Allons près d'elle et mettons tous nos soins à célébrer convenablement ses obsèques.

ANDRONIQUE.

Je possède non loin d'ici un tombeau de marbre; nous y déposerons ses restes. Je chargerai Fortunatus, un de mes esclaves, de la garde de ce monument.

JEAN.

Il est convenable que Drusiana soit inhumée avec honneur. Puisse Dieu faire jouir son ame de la joie et de la paix éternelles!

SCÈNE VII.

CALLIMAQUE , FORTUNATUS.

CALLIMAQUE.

Qu'arrivera-t-il de tout ceci , Fortunatus? La mort même de Drusiana n'a pu éteindre mon amour.

FORTUNATUS.

Votre situation est déplorable.

CALLIMAQUE.

Je meurs si ton adresse ne vient à mon aide.

FORTUNATUS.

Que puis-je faire pour vous secourir?

CALLIMAQUE.

Tu peux faire que je la voie encore , quoique morte.

FORTUNATUS.

Son corps, j'en suis sûr, est aussi beau que pendant sa vie ; cela vient de ce qu'il n'a pas été flétri par une longue maladie. Elle a succombé à une fièvre légère, vous le savez.

CALLIMAQUE.

Plût à Dieu que je n'en eusse pas la preuve trop certaine!

FORTUNATUS.

Si vous voulez payer généreusement ma complaisance , je livrerai le corps de Drusiana à vos désirs.

CALLIMAQUE.

Prends d'abord tout ce que j'ai sous la main et sois sûr que tu recevras de moi beaucoup plus ensuite.

FORTUNATUS.

Eh bien! allons vite à la tombe.

CALLIMAQUE.

Ce n'est pas moi que tu accuseras de lenteur.

SCÈNE VIII.

LES PRÉCÉDENTS, DRUSIANA, *couchée dans son cercueil.*

FORTUNATUS.

Voici le corps. Ces traits ne sont pas ceux d'une morte ; ces membres conservent la fraîcheur de la vie ; faites d'elle selon vos désirs.

CALLIMAQUE.

O Drusiana! Drusiana! quelle tendresse de cœur je t'avais vouée ! comme je t'aimais sincèrement et du fond de mes entrailles ! Et toi, tu m'as toujours repoussé! toujours tu as contredit mes vœux ! Maintenant il est en mon pouvoir de pousser contre toi mes violences aussi loin que je voudrai.

FORTUNATUS.

O ciel! ciel! un horrible serpent s'avance vers nous!

CALLIMAQUE.

Malheur à moi ! Fortunatus ! pourquoi m'as-tu séduit ? pourquoi m'as-tu conseillé un crime si détestable? Voici que tu meurs sous les blessures de ce reptile, et moi j'expire avec toi de terreur.

SCÈNE IX.

JEAN , ANDRONIQUE , *ensuite* DIEU.

JEAN.

Andronique , allons au tombeau de Drusiana pour recommander son âme à Jésus-Christ dans nos prières.

ANDRONIQUE.

Il convient, en effet, que votre sainteté n'oublie pas celle qui avait mis toute sa confiance en vous.

(Dieu leur apparaît.)

JEAN.

Voyez! Andronique, le Dieu invisible se montre à nous sous une forme visible. Il a pris les traits d'un beau jeune homme.

ANDRONIQUE.

Je tremble de crainte.

JEAN.

Seigneur Jésus! pourquoi avez-vous daigné vous manifester en ce lieu à vos serviteurs?

DIEU.

C'est en faveur de Drusiana et pour la résurrection de celui qui est étendu mort près de sa tombe que je viens vers vous; je veux que mon nom soit glorifié en eux.

ANDRONIQUE , *à Jean.*

Avec quelle promptitude le Seigneur est remonté au ciel !

JEAN.

La cause de ce que je vois m'échappe.

ANDRONIQUE.

Hâtons notre marche; peut-être, lorsque nous serons arrivés au tombeau de Drusiana, parviendrez-vous à voir de vos yeux ce qui, de votre aveu, échappe en ce moment à votre intelligence.

SCÈNE X.

LES PRÉCÉDENTS , *les corps de* DRUSIANA , *de* FORTUNATUS *et de* CALLIMAQUE.

JEAN.

Au nom du Christ, que vois-je ici? quel est ce prodige? Le sépulcre est ouvert, le corps de Drusiana est hors de sa tombe ; à côté gissent deux cadavres enlacés dans les nœuds d'un serpent !

ANDRONIQUE.

Je devine ce que cela signifie. Durant sa vie, ce jeune Callimaque aima Drusiana d'un amour criminel. Drusiana en fut contristée ; le chagrin qu'elle en conçut lui donna la fièvre ; elle invita la mort à venir la visiter.

JEAN.

Est-il possible que l'amour de la chasteté l'ait poussée à former un pareil vœu ?

ANDRONIQUE.

Après la mort de celle qu'il aimait, ce jeune insensé accablé de regrets et désespéré de n'avoir pu commettre le crime qu'il méditait, aura senti augmenter sa passion et s'irriter de plus en plus le feu de ses désirs.

JEAN.

Endurcissement digne de pitié !

ANDRONIQUE.

Je ne doute pas qu'il n'ait séduit à prix d'argent ce méchant esclave pour obtenir qu'il lui fournît l'occasion de commettre ce crime.

JEAN.

Oh ! forfait inouï !

ANDRONIQUE.

Le Seigneur les aura, comme je le vois, frappés tous deux de mort, pour les empêcher de mettre à exécution leur dessein criminel.

JEAN.

Ils ne peuvent se plaindre de ce châtiment.

ANDRONIQUE.

Ce qui dans cet événement m'étonne le plus, c'est que la voix de Dieu ait plutôt annoncé la résurrection de celui dont la volonté fut coupable, que celle de l'homme qui n'a été que son complice ; cela vient peut-être de ce que l'un, entraîné par les vives séductions de la chair, a failli sans discernement, tandis que l'autre a péché par pure malice.

JEAN.

Avec quelle équité l'arbitre suprême juge les actions des hommes et dans quelle juste balance il pèse les mérites de chacun, c'est ce qu'il est difficile de savoir et ce que personne ne peut expliquer ; car le mystère des jugements divins passe de bien loin la sagacité humaine.

ANDRONIQUE.

Oui, nous n'avons pas pour les jugements de Dieu assez d'admiration ; nous voyons les événements, mais la science nous manque pour en discerner les causes.

JEAN.

Ce n'est qu'après les faits accomplis que le résultat nous révèle le secret des choses.

ANDRONIQUE.

Eh bien ! commencez donc, je vous prie, bienheureux Jean, à faire ce qui doit être fait ! ressuscitez Callimaque, pour que nous arrivions au dénouement de cette aventure compliquée.

JEAN.

Je pense qu'il me faut d'abord invoquer le nom du Christ pour chasser le serpent ; ensuite je ressusciterai Callimaque.

ANDRONIQUE.

Vous avez raison ; c'est le moyen d'empêcher que ce jeune homme ne soit blessé de nouveau par les morsures de ce reptile.

JEAN, au serpent.

Eloigne-toi d'ici, bête cruelle ! car cet homme doit dorénavant servir le Christ[1].

ANDRONIQUE.

Quoique cette brute soit privée de raison, son oreille au moins n'est pas sourde ; elle a entendu sur-le-champ votre ordre.

JEAN.

Ce n'est pas à ma puissance, mais à celle du Christ qu'elle a obéi.

ANDRONIQUE.

Aussi a-t-elle disparu plus vite que la parole[2].

JEAN.

Dieu infini, et que nul espace ne peut contenir ; être simple et incommensurable, qui seul es ce que tu es ; qui, réunissant deux substances dissemblables, as de l'une et de l'autre créé l'homme, et qui, désunissant ces deux principes, divises ce qui ne formait qu'un tout ; ordonne que le souffle de vie rentre dans ce corps ; permets que l'union rompue se rétablisse et que Callimaque ressuscite homme parfait comme auparavant, et tu seras glorifié par toutes les créatures, toi qui peux seul opérer de tels miracles !

ANDRONIQUE.

Amen. Tenez ! regardez ! voici Callimaque qui commence à respirer l'air vital ! Seulement la stupeur le rend encore immobile.

JEAN.

Jeune homme, au nom du Christ, levez-vous ! et quelques crimes que vous ayez commis, confessez-les ; à quelques tentations coupables que vous ayez été exposé, dites-le, pour que la vérité ne nous reste pas cachée.

CALLIMAQUE.

Je ne puis nier que je ne sois venu ici dans une intention criminelle. J'étais consumé par une mélancolie funeste ; je ne pouvais apaiser le feu de mes désirs pervers.

JEAN.

Quelle démence, quelle frénésie s'était

____

[1] Formule d'exorcisme.

[2] Ce jeu de scène peut donner une idée assez avantageuse de l'habileté du machiniste de Gandersheim.

emparée de vous pour oser vouloir outrager les restes de cette chaste femme?

CALLIMAQUE.

J'étais entraîné par ma propre folie et par les suggestions captieuses de ce Fortunatus.

JEAN.

Avez-vous eu, trois fois infortuné, le malheur de parvenir à commettre le mal que vous désiriez?

CALLIMAQUE.

Non; j'eus la possibilité de vouloir, mais le pouvoir d'exécuter m'a manqué.

JEAN.

Quel obstacle vous arrêta?

CALLIMAQUE.

A peine avais-je écarté le suaire et posé une main profane sur ce corps inanimé, que Fortunatus, le fauteur et l'instigateur de ce crime, périt sous les morsures d'un serpent.

ANDRONIQUE.

O juste punition!

CALLIMAQUE.

Alors je vis un jeune homme d'un aspect terrible; sa main recouvrit respectueusement le corps; de sa face rayonnante des étincelles jaillirent sur le tombeau; une d'elles atteignit mon visage, et, en même temps, une voix se fit entendre qui me cria : « Callimaque, il faut que tu meures pour vivre »! A ces mots j'expirai.

JEAN.

Œuvre de la grace céleste, qui ne se complaît pas dans la perte des impies!

CALLIMAQUE.

Vous avez entendu les misères de ma chute; ne tardez pas à m'accorder le remède de votre miséricorde.

JEAN.

Je ne différerai pas.

CALLIMAQUE.

Car je suis confus et contristé jusqu'au fond de l'ame; je souffre, je gémis, je pleure sur mon horrible sacrilége.

JEAN.

Ce n'est pas sans raison; un si grave délit attend le remède d'une pénitence qui ne peut pas être légère.

CALLIMAQUE.

Oh! plût à Dieu que je pusse vous découvrir le fond de mon cœur! vous y verriez l'amertume du regret qui m'accable, et vous compatiriez à mon repentir.

JEAN.

Je me réjouis de cette douleur; je sens que cette tristesse ne peut que vous être salutaire.

CALLIMAQUE.

J'ai en horreur ma vie passée : je n'ai plus que du dégoût pour les plaisirs illicites.

JEAN.

C'est avec raison.

CALLIMAQUE.

Je me repens du crime que j'ai commis.

JEAN.

Vous le devez.

CALLIMAQUE.

J'ai tant de déplaisir de ce que j'ai fait que je ne saurais goûter ni le désir ni le bonheur de vivre, à moins que, renaissant en Jésus-Christ, je ne mérite de devenir meilleur.

JEAN.

Je ne doute pas que la grace d'en-haut ne se manifeste en vous.

CALLIMAQUE.

Ne tardez donc pas, ne différez pas à relever mon abattement, à adoucir ma tristesse par vos consolations, afin qu'aidé de vos avis et sous votre direction, de gentil je devienne chrétien, et de mondain que j'étais je devienne chaste, pour que sous votre conduite, j'entre dans la voie de la vérité et vive selon les préceptes de la promission divine.

JEAN.

Béni soit le fils unique du Tout-Puissant, qui a bien voulu participer à notre faiblesse! O mon fils Callimaque! béni soit le Christ dont la clémence vous a tué et qui vous a vivifié par la mort! Béni soit celui qui, par ce faux semblant de trépas, a délivré sa créature de la mort de l'ame!

ANDRONIQUE.

Chose inouïe et digne de toute notre admiration!

JEAN.

O Christ! rédemption du monde, holocauste offert pour nos péchés! je ne sais par quelles louanges te célébrer dignement. J'adore avec crainte ta bénigne clémence et ta clémente patience, Christ, qui tantôt traites les pécheurs avec une douceur de père, tantôt les châties avec une juste sévérité et les forces à la pénitence.

ANDRONIQUE.

Gloire à sa divine miséricorde!

JEAN.

Qui aurait osé le croire? qui l'aurait espéré? La mort trouve Callimaque occupé à satisfaire ses désirs coupables; elle l'enlève au milieu du crime, et ta miséricorde, ô Seigneur! daigne le rappeler à la vie et lui rendre des chances de pardon! Que ton saint nom soit béni dans tous les siècles, ô toi qui seul opères de si éclatants prodiges!

ANDRONIQUE.

Et moi, ô bienheureux Jean! ne tardez pas à me consoler! car l'amour que je porte à Drusiana ne laissera aucun repos à mon ame jusqu'à ce que je l'aie vue elle aussi ressuscitée.

JEAN.

Drusiana! que notre Seigneur Jésus-Christ vous ressuscite!

DRUSIANA.

Gloire et honneur à vous, Jésus-Christ, qui me faites revivre!

CALLIMAQUE.

O ma Drusiana! que graces soient rendues à celui qui vous sauve, à celui qui vous fait renaître dans la joie, vous dont le dernier jour fut accablé d'affliction!

DRUSIANA.

O mon vénérable père, bienheureux Jean, il est digne de votre sainteté qu'après avoir ressuscité Callimaque qui m'aima d'un amour coupable, vous ressuscitiez aussi l'esclave qui a violé mon tombeau.

CALLIMAQUE.

Apôtre du Christ, ne croyez point qu'il soit digne de vous de délivrer des liens de la mort ce traître, ce malfaiteur qui m'a trompé, qui m'a séduit, qui m'a provoqué à commettre un horrible attentat.

JEAN.

Vous ne devez point lui envier la grace de la clémence divine.

CALLIMAQUE.

Non, il ne mérite pas la résurrection, celui qui fut cause de la perte de son prochain.

JEAN.

La loi de notre religion nous enseigne qu'un homme doit remettre ses offenses à un autre homme, s'il souhaite que Dieu lui remette les siennes[1].

ANDRONIQUE.

Cela est juste.

JEAN.

Car le fils unique de Dieu, le premier né de la Vierge, qui seul est venu au monde pur, immaculé et exempt de la tache du péché originel, a rencontré tous les hommes courbés sous le poids du péché.

ANDRONIQUE.

Cela est vrai.

JEAN.

Il ne trouva aucun juste, aucun homme digne de sa miséricorde, et cependant il ne méprisa personne, il n'excepta personne de sa grace et de sa charité; mais il s'offrit lui-même et donna sa vie précieuse pour le salut de tous.

ANDRONIQUE.

Si l'innocent n'eût pas été mis à mort, nul homme n'eût été justement sauvé.

JEAN.

Aussi ne se réjouit-il pas de la perte des hommes, lui qui se rappelle les avoir rachetés de son sang précieux!

ANDRONIQUE.

Graces lui soient rendues!

JEAN.

C'est pourquoi nous ne devons pas envier à notre prochain la miséricorde divine, que nous voyons avec joie abonder en nous sans que nous l'ayons méritée.

CALLIMAQUE.

Votre remontrance m'a effrayé.

JEAN.

Néanmoins, pour ne pas paraître résister à votre désir, Fortunatus ne sera pas ressuscité par moi, mais par Drusiana, qui en a reçu le pouvoir de Dieu.

DRUSIANA.

Substance divine, qui seule es vraiment immatérielle et sans forme! toi qui as modelé l'homme à ton image[1] et qui as inspiré à ta créature le souffle de vie, permets que le corps matériel de Fortunatus recouvre sa chaleur et redevienne une ame vivante, afin que notre triple résurrection tourne à ta louange, vénérable Trinité!

JEAN.

Amen.

DRUSIANA.

Réveillez-vous, Fortunatus, et, par l'ordre du Christ, rompez les liens de la mort!

FORTUNATUS.

Qui me prend par la main et me relève? qui a parlé pour me faire revivre?

JEAN.

Drusiana.

FORTUNATUS.

Eh quoi! c'est Drusiana qui me ressuscite!

JEAN.

Elle-même.

FORTUNATUS.

N'avait-elle pas succombé, il y a quelques jours, à une mort imprévue?

JEAN.

Oui, mais elle vit maintenant en Jésus-Christ.

FORTUNATUS.

Et pourquoi Callimaque a-t-il cet air grave et modeste? pourquoi ne laisse-t-il pas éclater, selon sa coutume, son amour effréné pour Drusiana?

JEAN.

Parce que, renonçant à sa passion coupable, il s'est transformé en un vrai disciple du Christ.

FORTUNATUS.

Non, cela n'est pas.

---

[1] Ce sont presque les belles paroles du duc de Guise, si heureusement transportées par Voltaire dans la tragédie d'*Alzire*.

[1] *Sans forme... à ton image!* Il échappe ici à la docte théologienne une étrange contradiction dans les termes.

JEAN.

Il en est ainsi.

FORTUNATUS.

Eh bien! si, comme vous me l'assurez, Drusiana m'a ressuscité, et si Callimaque croit en Jésus-Christ, je rejette la vie, je fais volontairement choix de la mort; j'aime mieux ne pas exister que de voir abonder à ce point en eux la grace et la vertu.

JEAN.

O étonnante envie du démon! ô malice de l'antique serpent qui fit goûter la coupe de la mort à nos premiers pères et qui ne cesse de gémir sur la gloire des justes! Ce malheureux Fortunatus, rempli d'un venin diabolique, ressemble à un mauvais arbre qui ne produit que des fruits amers. Qu'il soit donc retranché du collége des justes et rejeté de la société de ceux qui craignent le Seigneur; qu'il soit précipité dans le feu d'un éternel supplice pour y être torturé sans jouir d'un seul intervalle de rafraîchissement.

ANDRONIQUE.

Voyez comme les blessures que le serpent lui a faites se gonflent! Il tourne de nouveau à la mort; il trépassera plus vite que je n'aurai parlé.

JEAN.

Qu'il meure et qu'il devienne un des colons de l'enfer, lui qui par haine de son prochain a refusé de vivre.

ANDRONIQUE.

Punition effroyable!

JEAN.

Rien n'est plus effroyable que l'envieux; nul n'est plus coupable que le superbe.

ANDRONIQUE.

Ils sont tous deux à plaindre.

JEAN.

Le même homme est toujours en proie à ces deux vices; l'un ne va jamais sans l'autre.

ANDRONIQUE.

Expliquez-moi votre pensée plus clairement.

JEAN.

Le superbe est envieux et l'envieux est superbe, parce qu'un esprit rongé par l'envie, ne pouvant souffrir d'entendre l'éloge du prochain et cherchant à déprimer ceux qui le surpassent en perfection, s'irrite d'être placé au-dessous des plus dignes et s'efforce orgueilleusement d'être mis au-dessus de ses égaux.

ANDRONIQUE.

Effectivement.

JEAN.

De là vint que ce misérable était blessé au fond du cœur et qu'il ne put supporter l'humiliation de se reconnaître inférieur à ceux dans lesquels il voyait briller avec plus d'éclat la grace divine.

ANDRONIQUE.

Je comprends enfin maintenant pourquoi Fortunatus n'a pas été admis au nombre de ceux qui se sont levés de leur tombe, et pourquoi il devait mourir plus tôt qu'eux.

JEAN.

Il méritait ce double trépas, d'abord pour avoir outragé une sépulture qui lui était confiée, ensuite pour avoir poursuivi de sa haine injuste ceux qui étaient ressuscités.

ANDRONIQUE.

Il a cessé de vivre, le malheureux!

JEAN.

Retirons-nous et laissons le démon reprendre son fils. Nous, cependant, pour célébrer dignement la conversion miraculeuse de Callimaque et cette double résurrection, passons ce jour dans la joie, rendant graces à Dieu, ce juge équitable, ce pénétrant scrutateur de toutes les consciences, qui seul voit tout, dispose tout comme il convient, et distribue à chacun, selon qu'il l'en reconnaît digne, les récompenses ou le supplice. A lui seul l'honneur, la vertu, la force, la victoire! à lui seul la gloire et le triomphe pendant la durée infinie des siècles! Amen.

FIN DE CALLIMAQUE.

DULCITIUS

COMÉDIE,

PAR HROSWITHA.

NOTICE SUR DULCITIUS.

Le titre de comédies, et surtout de comédies composées à l'imitation de Térence, *in æmulationem Terentii*, que nous lisons à la tête des dix drames de Hroswitha et qu'en traducteur scrupuleux nous nous serions bien gardé de remplacer, pourrait bien, si on le prenait trop à la lettre, tromper les lecteurs sur le véritable caractère de ces productions. Ce n'est pas ici le lieu de chercher la cause du sens si large et si compréhensif que reçut le mot *comœdia* depuis le sixième siècle jusqu'au treizième ; il suffit de faire remarquer que cette expression n'emporte nullement avec elle, dans la langue de Hroswitha, l'idée d'une œuvre plaisante et bouffonne. *Abraham* et *Paphnuce*, qui se ressemblent à tant d'égards, sont des pièces exclusivement graves et pathétiques. On remarquera dans *Gallicanus* le ton et la marche de nos drames historiques, ou pièces-chroniques, comme disent les Anglais. On vient de lire dans *Callimaque* une vraie tragédie, terminée par une effrayante catastrophe, la mort volontaire, et, qui pis est, la damnation d'un des personnages ; une autre pièce de Hroswitha, *la Foi, l'Espérance et la Charité*, nous offrira le premier modèle de ce qu'on appela plus tard une *moralité*, c'est-à-dire un drame purement allégorique et idéal. Il n'y a donc, comme on voit, dans les six pièces de Hroswitha, que *Dulcitius* qui ait quelque rapport avec ce que nous appelons comédie. En effet, cet ouvrage, bien que composé, comme tous ceux du même auteur, dans une vue d'édification et de piété, et spécialement destiné à honorer et à recommander la virginité, remplit néanmoins la plus indispensable des conditions imposées par les critiques anciens et modernes à la comédie, celle d'exciter le rire et la gaîté. On peut même dire que

Dulcitius, à cet égard, dépasse quelque peu les bornes du genre. Cette pièce est plus qu'une comédie ; c'est une farce religieuse, une bouffonnerie dévote, une parade sacrée, qui se déploie, chose étonnante ! sans trop de disparate, à côté de l'héroïsme et du martyre des trois jeunes sœurs Agapé, Chionie et Irène. Dans cette pièce, où les illusions, les prestiges, le merveilleux dominent, les persécuteurs et les bourreaux des pieuses vierges ne sont pas simplement représentés, selon l'usage, comme des tyrans farouches et sanguinaires, mais comme des hommes ineptes et ridicules, des niais en butte aux plus risibles illusions et livrés aux mystifications continuelles d'une main cachée qui se joue d'eux. Certes, les burlesques déconvenues qui assaillent tour à tour Dulcitius et Sisinnius n'ont pas dû moins divertir, au dixième siècle, la pieuse assemblée réunie au monastère de Gandersheim, que les grotesques tribulations essuyées par M. de Pourceaugnac n'ont diverti, au dix-septième siècle, la cour joyeuse de Chambord et de Saint-Germain.

Nous avons été plus heureux dans la recherche de la légende de *Dulcitius* que dans celle de *Callimaque*. Cette histoire des trois vierges Agapé, Chionie et Irène, a été écrite par Métaphraste et l'avait été antérieurement par l'auteur inconnu de la vie de Sainte Anastasie. On peut lire cette légende bizarre dans les Bollandistes, sous la date du 3 avril. Hroswitha, selon sa coutume, a suivi exactement la sainte narration, développant toutefois plus volontiers et mettant de préférence en relief les circonstances du récit les plus amusantes et les plus gaies.

Cette comédie, dont la valeur æsthétique et littéraire n'est assurément pas fort grande, ne nous paraît pas moins un monument d'une importance extrême pour l'histoire du théâtre antérieur à la renaissance. Elle prouve, en effet, jusqu'à la dernière évidence, que ces légendes dialoguées n'étaient pas seulement destinées à être lues, mais à être représentées. Il est incontestable que tout le mérite comique de ce petit drame consiste en une suite de jeux de scène qui s'adressent infiniment plus aux yeux qu'à l'esprit. Peut-on voir autre chose qu'une parade calculée pour divertir des *spectateurs*, dans cette scène où Dulcitius, noirci comme un Éthiopien par le contact des chaudrons et des lèchefrites, repoussé par ses propres gardes, gourmé par les huissiers du palais impérial, se demande avec une intrépidité de bonne opinion vraiment comique : « Eh ! mais ne suis-je donc pas vêtu de mes habits les plus splendides ? Ne suis-je pas éblouissant de propreté ? » Certes, si l'on vient à relire dans quelques mille ans les canevas de nos pièces bouffonnes, *le Docteur barbouillé, Crispin médecin*, ou ces farces italiennes dans lesquelles Arlequin ne manque jamais de plonger son masque noir dans une jatte de crème, on affirmera, à coup sûr, que de pareilles facéties ont été faites pour les yeux et nullement pour la lecture. Eh bien ! entre le comique de *Dulcitius* et celui de nos parades ou de nos comédies-féeries, la parité est complète.

On objectera peut-être que la mise en scène de *Dulcitius* a dû offrir de grandes difficultés d'exécution. Cela est vrai ; mais, au dixième siècle, comme au seizième, l'imagination des spectateurs suppléait facilement à l'imperfection de l'art du machiniste. Peut-être aussi remarquera-t-on en souriant qu'il

dut être assez difficile aux jeunes religieuses de Gandersheim de représenter au dénouement le lieutenant de l'empereur galopant à cheval à la poursuite d'Irène. Effectivement Sisinnius, comme Richard III dans Shakspeare, demande à grands cris un cheval, s'élance sur celui qu'on lui amène, et poursuit la sainte fugitive sur une montagne où deux anges l'ont transportée. Mais il ne faut pas oublier que le coursier de Sisinnius, comme ceux des Croisés dans la forêt enchantée du Tasse, ne peut ni avancer ni reculer, ce qui simplifie beaucoup les difficultés de la mise en scène.

D'ailleurs, l'introduction des animaux, même vivants, et leur coopération aux jeux et particulièrement aux représentations ecclésiastiques, n'était point un fait rare au moyen-âge. L'ânesse de Balaam, celle du jour des Rameaux, le bœuf et l'âne près de la crèche à Noël, avaient leur place et leur rôle marqués dans les liturgies de l'Église. Quelquefois, par respect pour les saints lieux, ces animaux ne figuraient qu'en effigie. Du Cange a extrait d'un ancien rituel la mention d'une ânesse peinte qu'on plaçait le jour des Rameaux près du maître-autel d'une cathédrale : *Asina depicta propter altare*. D'autres témoignages nous apprennent que des simulacres en bois du bœuf et de l'âne faisaient, à une certaine époque, partie nécessaire du mobilier de toute église épiscopale ou monastique. On voit donc, sans que nous insistions ici davantage, que cette partie du dénouement de *Dulcitius* ne surpassait nullement les moyens d'exécution dont le drame ecclésiastique pouvait alors disposer.

Charles MAGNIN.

DULCITIUS

COMÉDIE.

PERSONNAGES.

DIOCLÉTIEN.
AGAPE.
CHIONIE.
IRÈNE.
DULCITIUS.

LA FEMME DE DULCITIUS.
SISINNIUS.
HUISSIERS DU PALAIS IMPÉRIAL.
GARDES.

ARGUMENT.

Martyre des saintes vierges Agapé, Chionie et Irène. Dulcitius, commandant des gardes de l'empereur, va trouver furtivement ces pieuses filles pendant le silence de la nuit, dans une intention criminelle; mais à peine est-il entré que, perdant tout à coup la raison, il saisit, au lieu des vierges, des marmites et des lèchefrites, et les couvre de baisers, au point que sa figure et ses vêtements en sont horriblement noircis. Ensuite, par ordre de Dioclétien, il livre ces saintes prisonnières au comte Sisinnius, chargé de les punir. Le comte est à son tour le jouet des plus singulières illusions. Enfin Sisinnius fait brûler Agapé et Chionie, et percer Irène à coups de flèches.

SCÈNE I

L'EMPEREUR DIOCLÉTIEN, AGAPÉ, CHIONIE, IRÈNE.

DIOCLÉTIEN.

L'illustration de votre famille, votre haute naissance, l'éclat de votre beauté, exigent que vous soyez unies par les nœuds de l'hymen aux premiers officiers de mon palais. Ma puissance ne s'opposera pas à ce qu'il en soit ainsi, pourvu que vous consentiez à renier le Christ et à sacrifier à nos dieux.

AGAPÉ.

Vous pouvez vous épargner un pareil souci et ne pas vous inquiéter des apprêts de nos noces, car rien au monde ne pourra nous forcer à renier un nom que nous devons confesser, ni à souiller notre virginité.

DIOCLÉTIEN.

Que signifie, Agapé, la folie qui vous agite?

AGAPÉ.

Quel signe de folie découvrez-vous en moi?

DIOCLÉTIEN.

Un signe évident et notable.

AGAPÉ.

En quoi donc suis-je folle?

DIOCLÉTIEN.

D'abord en ce que, renonçant à l'observance d'une antique religion, vous embrassez les nouveautés futiles de la superstition chrétienne.

AGAPÉ.

Votre témérité calomnie l'existence du Dieu tout-puissant. Il y a péril !

DIOCLÉTIEN.

Pour qui ?

AGAPÉ.

Pour vous et pour la république que vous administrez.

DIOCLÉTIEN.

Cette fille est folle ; qu'on l'éloigne !

CHIONIE.

Ma sœur n'est point folle ; elle blâme votre égarement stupide, elle a raison.

DIOCLÉTIEN.

Cette seconde Ménade est encore plus délirante que la première ; qu'on l'éloigne aussi de ma présence et qu'on fasse approcher la troisième !

IRÈNE.

Vous trouverez la troisième également rebelle à vos ordres et prête à vous résister opiniâtrément.

DIOCLÉTIEN.

Irène, bien que tu sois la plus jeune, tu peux devenir la première en dignité.

IRÈNE.

Dites-moi comment, je vous prie.

DIOCLÉTIEN.

Courbe la tête devant nos dieux, et sois pour tes sœurs un exemple qui les corrige et qui les sauve.

IRÈNE.

Que les hommes qui veulent encourir la colère du Très-Haut se souillent en sacrifiant à vos idoles ; pour moi, je ne déshonorerai point ma tête, sur laquelle a coulé l'onction du roi céleste, en l'abaissant aux pieds de vos dieux faits de bronze et de pierre.

DIOCLÉTIEN.

Le culte des dieux, loin d'être honteux, honore ceux qui le pratiquent.

IRÈNE.

Y a-t-il bassesse plus honteuse, y a-t-il turpitude plus grande que de rendre aux esclaves l'hommage que l'on doit aux maîtres ?

DIOCLÉTIEN.

Je ne vous engage pas à adorer des esclaves, mais les dieux des maîtres et des princes.

IRÈNE.

N'est-il pas l'esclave du premier venu le dieu qu'un artisan vend comme une marchandise pour un peu d'or ?

DIOCLÉTIEN.

Il faut que les supplices mettent fin à ce présomptueux verbiage.

IRÈNE.

C'est là notre souhait ; nous aspirons au bonheur de subir des supplices pour l'amour du Christ.

DIOCLÉTIEN.

Que ces femmes opiniâtres, qui luttent contre nos édits, soient chargées de chaînes et retenues dans les ténèbres d'un cachot, pour être examinées par Dulcitius, le chef de nos gardes.

SCÈNE II.

DULCITIUS, GARDES.

DULCITIUS.

Amenez, soldats, amenez ici vos prisonnières.

SCÈNE III.

LES PRÉCÉDENTS, AGAPÉ, CHIONIE, IRÈNE.

LES GARDES.

Voici celles que vous demandez.

DULCITIUS.

Dieux ! qu'elles sont belles ! que ces jeunes filles ont de graces et d'attraits !

LES GARDES.

Assurément, elles sont très belles.

DULCITIUS.

Je me sens épris de leur beauté.

LES GARDES.

Cela est facile à croire.

DULCITIUS.

Je brûle de leur faire partager mon amour.

LES GARDES.

Il nous paraît douteux que vous réussissiez.

DULCITIUS.

Pourquoi ?

LES GARDES.

Parce qu'elles sont inébranlables dans leur foi.

DULCITIUS.

Et si je les gagne par de douces paroles ?

LES GARDES.

Elles les méprisent.

DULCITIUS.

Et si je les effraie par la vue des supplices ?

LES GARDES.

Elles les dédaignent.

DULCITIUS.

Que faire donc ?

LES GARDES.

Pensez-y.

DULCITIUS.

Enfermez-les dans la salle intérieure de l'office, dont le vestibule contient les ustensiles de cuisine.

LES GARDES.

Pourquoi dans ce lieu ?

DULCITIUS.
Pour que je sois à portée de les visiter plus fréquemment.

LES GARDES.
Il sera fait selon vos ordres.

SCÈNE IV.

DULCITIUS, LES GARDES.

DULCITIUS.
Soldats, que font nos captives à cette heure de nuit?

LES GARDES.
Elles s'occupent à chanter des hymnes.

DULCITIUS.
Approchons.

LES GARDES.
Nous entendons dans l'éloignement le son de leurs voix argentines.

DULCITIUS.
Veillez à cette porte avec des flambeaux; moi j'entrerai et je jouirai de leurs embrassements désirés.

LES GARDES.
Allez; nous vous attendrons.

SCÈNE V.

AGAPÉ, CHIONIE, IRÈNE.

AGAPÉ.
Quel bruit entends-je à la première porte?

IRÈNE.
C'est le misérable Dulcitius qui entre.

CHIONIE.
Que Dieu nous protége!

AGAPÉ.
Amen.

CHIONIE.
Que signifie ce cliquetis de marmites, de chaudrons et de lèchefrites qui s'entre-choquent?

IRÈNE.
Je vais voir ce que c'est. Ah! venez, approchez, je vous prie, mes sœurs; regardez à travers les fentes de cette porte.

AGAPÉ.
Qu'y a-t-il?

IRÈNE.
Voyez! cet insensé a perdu la raison; il croit jouir de nos embrassements.

AGAPÉ.
Que fait-il?

IRÈNE.
Tantôt il presse tendrement sur son sein des marmites; tantôt il embrasse des chau-

drons et des poêles à frire, et leur donne d'amoureux baisers.

CHIONIE.
Que cela est risible!

IRÈNE.
Déjà son visage, ses mains, ses vêtements, sont tellement salis et noircis qu'il offre tout-à-fait l'aspect d'un Ethiopien.

AGAPÉ.
Il est juste que son corps soit tel que son ame possédée par le démon.

IRÈNE.
Voilà qu'il se dispose à sortir; voyons ce que vont faire à sa vue les soldats qui l'attendent à la porte.

SCÈNE VI.

DULCITIUS, LES GARDES.

LES GARDES.
Quel est ce démoniaque, ou plutôt ce démon qui sort? Fuyons!

DULCITIUS.
Soldats, où fuyez-vous? Restez; attendez; conduisez-moi avec vos flambeaux à ma demeure.

LES GARDES.
C'est la voix de notre commandant, mais c'est l'image du diable. Ne nous arrêtons pas; pressons notre fuite; ce fantôme veut nous maltraiter.

DULCITIUS.
Je vais au palais et j'apprendrai aux princes comment on m'outrage.

SCÈNE VII.

DULCITIUS, LES HUISSIERS DU PALAIS.

DULCITIUS.
Huissiers, introduisez-moi dans le palais; j'ai à parler en particulier à l'empereur.

LES HUISSIERS.
Quel est ce monstre horrible et dégoûtant, couvert de haillons noirs et déchirés? Gourmons-le et précipitons-le du haut des degrés; il ne faut pas qu'il pénètre plus avant.

SCÈNE VIII.

DULCITIUS, seul.

Malheur, malheur à moi! Que m'est-il arrivé? Ne suis-je pas paré de mes vêtements les plus riches? toute ma personne n'est-elle pas éclatante de propreté? Et cependant tous ceux que j'aborde témoignent à ma vue autant de dégoût qu'à l'aspect d'un monstre horrible. Je vais retourner près de ma femme ; j'apprendrai d'elle ce qui m'est arrivé. Mais la voici ; elle accourt les cheveux épars ; toute sa maison la suit en larmes.

SCÈNE IX.

DULCITIUS, SA FEMME, GARDES.

LA FEMME DE DULCITIUS.

Hélas ! hélas ! monseigneur, à quel mal êtes-vous en proie ? Vous n'avez plus votre raison, Dulcitius ! vous êtes devenu un objet de risée pour les chrétiens.

DULCITIUS.

Oui, je le sens enfin ; j'ai été le jouet des maléfices de ces femmes.

LA FEMME DE DULCITIUS.

Ce qui me confondait surtout, ce qui me contristait le plus, c'est que vous ne connussiez pas votre mal.

DULCITIUS, aux gardes.

J'ordonne qu'on expose en place publique ces filles impudiques, qu'on leur arrache leurs vêtements et qu'on les livre aux regards du peuple. Il faut, à leur tour, qu'elles sachent à quels outrages nous pouvons les condamner.

SCÈNE X.

LES GARDES, DULCITIUS, endormi sur son tribunal.

LES GARDES.

Nous nous fatiguons en vain ; nos efforts sont inutiles ; les vêtements de ces vierges tiennent à leurs corps autant que leur peau. Et ce n'est pas tout ; Dulcitius lui-même, qui nous pressait de les dépouiller, s'est endormi et ronfle sur son siége ; il n'y a pas moyen de le réveiller. Allons trouver l'empereur et informons-le des choses qui se passent.

SCÈNE XI.

L'EMPEREUR DIOCLÉTIEN, seul.

J'apprends avec peine que le commandant de mes gardes, Dulcitius, a été en butte aux insultes, aux outrages et à la calomnie. Mais pour que ces méprisables femmelettes ne puissent se vanter d'insulter impunément nos dieux et se jouer de ceux qui les adorent, je vais charger le comte Sisinnius d'être l'exécuteur de ma vengeance.

SCÈNE XII.

LE COMTE SISINNIUS, LES GARDES.

SISINNIUS.

Soldats, où sont ces filles impudiques qui doivent subir la torture ?

LES GARDES.

Elles sont en prison.

SISINNIUS.

Retenez Irène et faites avancer les autres.

LES GARDES.

Pourquoi exceptez-vous la seule Irène ?

SISINNIUS.

Par pitié pour sa jeunesse. Peut-être sera-t-elle convertie plus aisément, si elle n'est point intimidée par la présence de ses sœurs.

LES GARDES.

Sans doute.

SCÈNE XIII.

LES PRÉCÉDENTS, AGAPÉ, CHIONIE.

LES GARDES.

Voici celles que vous demandez.

SISINNIUS.

Agapé, Chionie, suivez mes conseils.

AGAPÉ.

Non ; nous ne les suivrons pas.

SISINNIUS.

Venez offrir des libations aux dieux.

IRÈNE.

Nous offrons sans cesse un sacrifice de louanges à Dieu le père véritable et éternel, à son fils co-éternel et à leur saint Paraclet.

SISINNIUS.

Ce n'est point là ce que je vous conseille ; je vous interdis au contraire ces pratiques sous les peines les plus sévères.

AGAPÉ.

Vos défenses sont vaines ; jamais nous ne sacrifierons aux démons.

SISINNIUS.

Que votre cœur cesse de s'endurcir ; sacrifiez aux dieux ; sinon je vous ferai mettre à mort, suivant les ordres de l'empereur Dioclétien.

CHIONIE.

Il est juste que, lorsque votre empereur ordonne notre mort, vous lui obéissiez, vous qui savez que nous méprisons ses édits ; si même la pitié vous faisait tarder à lui obéir, il serait juste que vous périssiez.

SISINNIUS.

Sans délai, soldats ! sans délai, saisissez

ces blasphématrices et jetez-les vivantes au milieu des flammes.

LES GARDES.

Hâtons-nous de construire un bûcher et livrons ces femmes à la fureur des flammes pour mettre un terme à leur insolence.

AGAPÉ.

Non, ce ne serait pas, ô mon Dieu ! un effet extraordinaire de votre puissance que d'ordonner aux flammes d'oublier leur violence et de les forcer à vous obéir. Mais tout ce qui nous retient plus long-temps ici-bas nous fatigue. Nous vous supplions donc, Seigneur, de rompre les liens qui retiennent nos ames, afin que, nos corps étant consumés, nous nous réjouissions avec vous dans le ciel !

LES GARDES.

O prodige nouveau et inexplicable ! les ames de ces femmes ont quitté leurs corps sans qu'on puisse apercevoir aucune trace de l'action du feu. Ni leurs cheveux, ni leurs vêtements n'ont été atteints par les flammes, encore moins leurs corps.

SISINNIUS.

Faites venir Irène.

LES GARDES.

Oui, seigneur.

SCÈNE XIV.

SISINNIUS, IRÈNE, LES GARDES.

SISINNIUS.

Redoutez, Irène, le sort de vos sœurs et craignez de périr comme elles.

IRÈNE.

Je souhaite suivre leur exemple et mourir pour mériter de me réjouir éternellement avec elles.

SISINNIUS.

Cede, cède à mes conseils.

IRÈNE.

Je ne céderai point à celui qui me conseille le crime.

SISINNIUS.

Si tu t'obstines dans tes refus, je ne t'accorderai pas une mort prompte ; mais je la différerai, et chaque jour je multiplierai et je renouvellerai tes supplices.

IRÈNE.

Plus nombreuses seront mes tortures, plus grande sera ma gloire.

SISINNIUS.

Tu ne crains pas les supplices ; mais j'en saurai trouver un qui te fera horreur.

IRÈNE.

Avec l'aide du Christ j'échapperai à tout ce que vous inventerez contre moi.

SISINNIUS.

Je te ferai conduire dans un lieu de débauche, où ton corps sera exposé aux plus honteux outrages.

IRÈNE.

Il vaut mieux que mon corps soit livré à toutes sortes d'outrages, que mon ame souillée par le culte des idoles.

SISINNIUS.

Si tu deviens la compagne des courtisanes, tu ne pourras plus, ainsi déshonorée, être comptée dans la phalange des vierges.

IRÈNE.

La volupté est suivie du châtiment, mais la nécessité donne la couronne céleste. On n'est déclaré coupable que des fautes auxquelles l'ame a consenti.

SISINNIUS.

En vain je l'épargnais ; en vain j'avais pitié de son enfance.

LES GARDES.

Nous savions bien que rien ne la pourrait forcer à adorer les dieux, et que la terreur ne pourrait la vaincre.

SISINNIUS.

Je ne l'épargnerai pas plus long-temps.

LES GARDES.

Vous avez raison.

SISINNIUS.

Saisissez-la sans pitié, traînez-la sans miséricorde et enfermez-la honteusement dans un lieu de prostitution.

IRÈNE.

Ils ne m'y conduiront pas.

SISINNIUS.

Qui pourra les en empêcher ?

IRÈNE.

Celui dont la providence régit le monde.

SISINNIUS.

Nous verrons.

IRÈNE.

Plus tôt que tu ne voudras.

SISINNIUS.

Soldats, ne vous laissez pas effrayer par les fausses prédictions de cette blasphématrice.

LES GARDES.

Elles ne nous effraient point ; nous allons obéir à vos ordres.

SCENE XV.

SISINNIUS, *ensuite* LES GARDES.

SISINNIUS.

Quels sont ces hommes qui s'approchent ? Comme ils ressemblent aux soldats auxquels j'ai livré Irène. Ce sont eux. *(aux gardes.)* Pourquoi revenez-vous? où courez-vous ainsi hors d'haleine?

LES GARDES.

C'est vous que nous cherchons.

SISINNIUS.

Et où est celle que vous avez emmenée?

LES GARDES.

Sur le sommet de la montagne.

SISINNIUS.

De quelle montagne?

LES GARDES.

De la montagne voisine.

SISINNIUS.

O hommes stupides et insensés! êtes-vous privés de toute raison?

LES GARDES.

Pourquoi ces reproches? Pourquoi ces regards et cette voix menaçante?

SISINNIUS.

Que le ciel vous foudroye!

LES GARDES.

Quel crime avons-nous commis contre vous? quelle injure vous avons-nous faite? auquel de vos ordres avons-nous désobéi?

SISINNIUS.

Ne vous ai-je pas ordonné de traîner dans un lieu d'ignominie cette fille rebelle à nos dieux?

LES GARDES.

Oui; et nous étions occupés à vous obéir, quand deux jeunes inconnus sont survenus et nous ont assurés que vous les aviez envoyés pour nous transmettre l'ordre de conduire Irène au haut de la montagne.

SISINNIUS.

C'est vous qui me l'apprenez.

LES GARDES.

Nous le voyons.

SISINNIUS.

Quel aspect avaient ces inconnus?

LES GARDES.

Leurs vêtements étaient éclatants; leurs traits imposants et graves.

SISINNIUS.

Ne les suivîtes vous pas?

LES GARDES.

Nous les avons suivis.

SISINNIUS.

Qu'ont-ils fait?

LES GARDES.

Ils se placèrent aux deux côtés d'Irène et nous envoyèrent ici pour vous informer de la conclusion de cette affaire.

SISINNIUS.

Il ne me reste plus qu'à monter à cheval pour aller voir qui se donne les airs de se jouer ainsi de nous.

LES GARDES.

Nous y courrons aussi.

SCÈNE XVI.

LES PRÉCÉDENTS, IRENE.

SISINNIUS, *à cheval.*

Qu'est-ce? je ne sais ce que je fais; je suis ensorcelé par les chrétiens. Voyez; je tourne incessamment autour de cette montagne, et si je parviens à trouver un sentier, je ne puis ni monter ni revenir sur mes pas.

LES GARDES.

Nous sommes tous ici les jouets des enchantements les plus étranges; la fatigue nous accable. Si vous laissez vivre plus long-temps cette femme insensée, vous serez la cause de votre perte et de la nôtre.

SISINNIUS.

Qu'un des miens, quel qu'il soit, tende son arc, lance une flèche et perce cette femme criminelle.

IRÈNE.

Malheureux! rougis de te voir honteusement vaincu; gémis de n'avoir pu triompher que par la force des armes de l'enfance d'une faible vierge.

SISINNIUS.

Je me résigne aisément à cette honte, car je suis sûr que tu vas mourir.

IRÈNE.

C'est pour moi le comble de la joie et pour toi un sujet d'affliction; car, en punition de ta méchanceté, tu seras damné dans le Tartare, et moi j'irai recevoir la palme du martyre et la couronne de la virginité dans le palais aérien du Roi éternel, à qui appartiennent l'honneur et la gloire dans tous les siècles.

FIN DE DULCITIUS.